Bianca™

LA INOCENCIA PERDIDA

KATE HEWITT

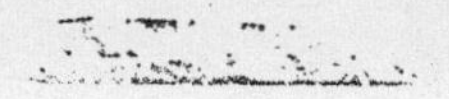

Editado por Harlequin Ibérica.
Una división de HarperCollins Ibérica, S.A.
Núñez de Balboa, 56
28001 Madrid

La inocencia perdida, n.º 2532 - 22.3.17
Título original: Demetriou Demands His Child
Publicada originalmente por Mills & Boon®, Ltd., Londres.

I.S.B.N.: 978-84-687-9139-5
Depósito legal: M-43534-2016
Impresión en CPI (Barcelona)
Fecha impresion para Argentina: 18.9.17
Distribuidor exclusivo para España: LOGISTA
Distribuidores para México: CODIPLYRSA y Despacho Flores
Distribuidores para Argentina: Interior, DGP, S.A. Alvarado 2118.
Cap. Fed./Buenos Aires y Gran Buenos Aires, VACCARO HNOS.

Capítulo 1

AQUELLA era una noche mágica, pensó Iolanthe Petrakis, mirándose en el espejo de pie de su cuarto con una sonrisa en los labios. Parecía una princesa de un cuento de hadas con su nuevo vestido de satén en blanco plata. La falda tenía vuelo y el bajo, que le quedaba a la altura de los tobillos, estaba adornado con unos volantes de tul que parecían espuma de mar.

Sí, parecía una princesa, y se sentía como una princesa, como Cenicienta, preparada para su primer baile. Estaba decidida a disfrutar cada momento de aquella noche.

Llamaron a la puerta.

–¿Iolanthe? –era su padre, Talos Petrakis–. ¿Estás lista?

–Sí, papá.

Iolanthe se pasó una mano por el cabello negro, que Amara, la empleada del hogar, le había recogido en un elegante moño. Con el corazón palpitándole con fuerza por los nervios y la emoción, inspiró profundamente y fue a abrir.

Su padre la observó en silencio un instante, y ella contuvo la respiración, con la esperanza de que le diera su visto bueno. Era la primera vez que, después de haberla tenido recluida toda su corta vida en la villa que tenían en el campo, su padre le permitía acudir a una fiesta, y no podría soportarlo si le arrebatase ese pequeño placer en el último momento.

–¿Te parece bien? –le preguntó al ver que el silencio se alargaba. Alisó con las manos la falda del vestido–. Amara me ayudó a escogerlo.

–Es apropiado –dijo su padre finalmente, con un asentimiento de cabeza.

Iolanthe respiró aliviada. Con ese asentimiento le bastaba. Su padre nunca había sido cariñoso, ni dado a los elogios efusivos, así que estaba acostumbrada.

–Deberás comportarte con decoro en todo momento –añadió con expresión severa.

–Por supuesto, papá.

¿Acaso no era lo que había hecho siempre? Claro que tampoco había tenido nunca ocasión de portarse mal. Tal vez esa noche..., se dijo, y reprimió una sonrisa traviesa para que su padre no adivinara lo que estaba pensando. Pero la verdad era que aquello era lo que ansiaba tras tantos años de soledad: algo de aventura, algo de emoción.

–Tu madre sonreiría si te viera ahora mismo –dijo su padre.

A pesar de su tono bronco, sus palabras hicieron que Iolanthe sintiera una punzada en el pecho.

Althea Petrakis, su madre, había muerto de cáncer cuando ella tenía solo cuatro años. Los pocos recuerdos que tenía de ella eran borrosos, poco más que el recuerdo del olor de su perfume o sus dulces caricias maternales.

Desde su muerte, su padre se había encerrado en sí mismo y en su negocio. Con frecuencia se preguntaba si no sería un padre distinto, más afectuoso, si su madre aún viviera. Solo lo veía de tanto en tanto, porque siempre estaba en la capital, y sus visitas eran breves, poco más que inspecciones rutinarias para asegurarse de que se estaba comportando como era debido.

–Aunque estás muy bonita, te falta algo –dijo su padre. Sacó una cajita de terciopelo del bolsillo de su chaqueta–. Esto es para una mujer adulta, que ya está lista para casarse.

–¿Casarme...?

Iolanthe no quería pensar en eso. Sabía que algún día tendría que casarse con el hombre que su padre eligiese para ella, pero esa noche solo quería pensar en divertirse, no en el matrimonio, ni en lo que era su deber como hija.

–Ábrela –le dijo su padre.

Todas sus preocupaciones se esfumaron en cuanto levantó la tapa de la caja y vio, admirada, los pendientes de diamantes con forma de lágrima que había dentro.

–Son preciosos... –murmuró tomando la cajita.

–Y hay algo más –de otro bolsillo, su padre sacó una caja alargada con un collar de plata a juego, del que colgaban tres diamantes, también con forma de lágrima–. Eran de tu madre. Los llevó el día de nuestra boda.

Iolanthe acarició con reverencia los diamantes del collar.

–Gracias, papá –murmuró, con la voz entrecortada por la emoción.

Su padre carraspeó, visiblemente incómodo.

–Solo estaba esperando el momento adecuado para dártelos–. Es tu primer baile.

Iolanthe se puso los pendientes, y se colocó de espaldas a su padre.

–¿Me pones el collar?

–Claro –su padre se lo abrochó y, cuando Iolanthe se volvió hacia él, puso las manos en sus hombros y le dijo–: Lukas te acompañará y cuidará de ti.

Iolanthe había visto en varias ocasiones a Lukas Callos, el director del departamento técnico de la compañía de su padre, y la idea de pasar toda la velada con un tipo tan estirado hizo que se le cayera el alma a los pies.

–Creía que me acompañarías tú.

–Tengo asuntos de trabajo de los que ocuparme –su padre dio un paso atrás y la miró de nuevo con expresión severa–. Si te permito ir a este baile es porque ya eres lo bastante mayor, y porque ya va siendo hora de que busques un marido. Lukas sería una buena elección.

«¿Lukas?». Iolanthe no se podía imaginar nada peor. Sin embargo, por los labios apretados de su padre y la expresión inflexible de su mirada, supo que no era el momento de discutir con él. Por eso, a pesar de la chispa de rebeldía que había saltado en su interior, asintió en silencio. Pero era su primer baile, quizás el único al que podría ir antes de casarse, y no tenía intención de pasar toda la velada, y mucho menos el resto de su vida, con un muermo como Lukas Callos.

Alekos Demetriou entró en el salón de baile, iluminado por arañas de cristal, mirando sin interés a los hombres vestidos de esmoquin y las mujeres enjoyadas a los que dejaba atrás. La flor y nata de la sociedad ateniense se había reunido en aquel baile, el primer gran evento de la temporada.

Hacía un año su nombre no habría figurado en la exclusiva lista de invitados; era un desconocido. Pero ahora, tras años de reveses, por fin estaba empezando a abrirse camino y a hacerse un nombre en el mercado.

Tomó una copa de champán de la bandeja de un camarero que pasaba, y paseó la vista por el salón con los ojos entornados, buscando el rostro sonriente de su enemigo. Talos Petrakis, el hombre que le había arrebatado todo, siempre mostraba una falsa fachada de benévolo y afable hombre de negocios.

Solo pensar en él hizo que a Alekos se le revolviera el estómago. Al principio, tras la vil traición de Petrakis, había luchado contra la ira y el dolor que lo habían embargado, pero luego se había dado cuenta de que podía canalizar esas emociones destructivas y emplearlas en su beneficio.

Durante los últimos cuatro años no había hecho más que trabajar para hacerse un nombre y afianzarse en el mercado. Y lo había logrado. Tenía veintiséis años y era presidente de su propia compañía, una compañía que estaba creciendo rápidamente.

Por fin había llegado a un punto en el que podía plantearse llevar a cabo su venganza contra el hombre que se lo había robado todo. Reencontrarse cara a cara con Petrakis tras aquellos cuatro largos años sería el primer paso, y por eso estaba allí. Sin embargo, no lo veía por ninguna parte.

Algo llamó su atención en ese momento por el rabillo del ojo, y al girarse vio, al fondo del salón de baile, a una bella joven. Su esbelta figura estaba enfundada en un vestido blanco con apliques de pedrería, y ocultaba sus ojos tras una máscara veneciana de mano, como se indicaba en la invitación. Se suponía que era un baile de máscaras, pero la mayoría de los caballeros habían pasado por alto ese requisito.

La joven se movió, y Alekos admiró los reflejos que la luz arrancó de su pelo negro. Era encantadora, y poseía un aire de pureza que la distinguía de las otras invitadas que, con estudiadas poses de hastío, circulaban por el salón.

La joven lo observaba todo con los ojos muy abiertos, como fascinada, pero estaba casi pegada a la pared, quizá por timidez. Picado por la curiosidad, Alekos se encaminó hacia ella. No sabía quién era, pero estaba decidido a averiguarlo.

Iolanthe estaba de pie junto a la pared, sosteniendo con la mano el mango de su máscara, adornada con plumas y pequeños cristales de colores. Había conseguido escapar de Lukas cuando se habían acercado a él unos empresarios, y no tenía el menor deseo de que la encontrara. Ya había sufrido unos cuantos bailes con Lukas esa noche y si podía evitarlo no bailaría con él ni uno más. Le sudaban las manos, se movía como si fuera un robot, cuando hablaba balbuceaba, y su único tema de conversación era la informática.

Bueno, se consoló, al menos la música de las piezas que habían bailado había sido preciosa, y mientras giraban por el salón de baile el vuelo de la falda del vestido la había hecho sentirse de verdad como una princesa.

Y tal vez volviese a bailar, pero con otro hombre. Con alguien que fuese capaz de mirarla a los ojos y mantener una conversación normal. Se imaginó a un apuesto caballero avanzando hacia ella con decisión, fuego en la mirada, y los labios curvados en una sensual sonrisa mientras le tendía la mano...

Una oleada de calor la invadió, y se rio, divertida y avergonzada por aquella fantasía de adolescente. Lo más probable era que pasara allí de pie el resto de la fiesta, ocultándose de Lukas.

–Buenas noches.

Iolanthe se tensó cuando de pronto una sombra se cernió frente a ella. La voz que había hablado era aterciopelada, firme y extrañamente sensual. A su aturdido cerebro le llevó un momento comprender que estaba dirigiéndose a ella.

–Bu-buenas noches.

Parpadeó, y escudriñó al desconocido a través de las hendiduras de la máscara. Era alto y tenía un aire misterioso, como sacado de una de sus ingenuas fantasías. Mediría más de un metro ochenta, y el esmoquin que llevaba resaltaba sus anchos hombros y su impresionante torso. Sus ojos, casi ambarinos, la escrutaban pensativos, y sus labios, tan perfectamente definidos como los de una estatua griega, se curvaron en una sonrisa lobuna.

Iolanthe se sentía como si hubiese caído dentro de una profunda madriguera de conejo, como la protagonista de *Alicia en el País de las Maravillas*, como si de pronto estuviese en una realidad alternativa de lo más surrealista.

–Te he visto desde lejos –le dijo el hombre–, y he decidido que tenía que acercarme a conocerte.

–¿En serio?

Iolanthe contrajo el rostro por el tono de sorpresa que le había salido, pero el hombre se limitó a sonreír, y en su mejilla apareció un hoyuelo que le hizo parecer menos formidable.

–En serio –le aseguró él–. Me pareció que estabas divirtiéndote, observando a todo el mundo desde este rincón.

–Es que nunca había asistido a un baile –admitió ella.

Y nada más decir esas palabras volvió a contraer el rostro por lo joven y boba que debía de estar pareciéndole tras esa confesión.

–Tal vez podrías decirme tu nombre –sugirió él.

–¡Ah, sí, por supuesto! –azorada, ella se apresuró a presentarse–. Mi nombre es Iolanthe. ¿Y usted es...?

–Alekos. Alekos Demetriou. Pero, por favor, tutéame –respondió él con una sonrisa–. ¿Te apetece bailar? –preguntó tendiéndole la mano.

–Pues... Bueno, yo...

Iolanthe recordó las estrictas instrucciones que le

había dado su padre de que se comportara debidamente y que permaneciera junto a Lukas. Pero ¿qué daño podría hacerle un baile? Tenía el resto de su vida para ser la hija y esposa obediente que se esperaba que fuera. La chispa de rebeldía que había saltado en su interior horas atrás resurgió en ese momento.

–¿Y bien? –insistió Alekos divertido, enarcando una ceja, con la mano aún tendida.

–Sí –respondió ella con firmeza–. Me encantaría bailar.

Alekos sintió un cosquilleo cuando Iolanthe puso su mano en la de él, y un repentino deseo afloró en su interior. No estaba seguro de que aquello fuese una buena idea. De hecho, ya había empezado a arrepentirse de haber entablado conversación con aquella joven nada más darse cuenta de lo joven e ingenua que era.

Sus ojos grises lo miraron muy abiertos cuando la atrajo hacia sí, y comprendió que ella también había sentido esa ráfaga de deseo que a él lo había desconcertado. Su trabajo no le había dejado tiempo para mucha vida social, y durante los últimos años su vida amorosa se había limitado a relaciones cortas o de una sola noche con mujeres experimentadas que tampoco buscaban nada serio. Y, desde luego, Iolanthe no entraba en esa categoría. «Solo un baile», se dijo, y luego se despediría de ella con una sonrisa y se alejaría.

La orquesta empezó a tocar una nueva melodía. Ya en la pista, atrajo hacia sí a Iolanthe, a quien le brillaban los ojos, y sus suaves curvas se amoldaron a su cuerpo cuando la atrajo hacia sí y comenzaron a moverse al compás de la música.

El sudor le perlaba la frente, y el deseo corría por sus venas. Su cuerpo jamás había reaccionado de ese modo ante una mujer, y no pudo evitar preguntarse: «¿Por qué esta chica? ¿Por qué ahora?».

Era hermosa, sí, y encantadora, aunque fuera demasiado joven y algo tímida. Tenía una cara preciosa, y le gustaba la franqueza que veía en sus ojos. Pero sentirse como se estaba sintiendo... imaginarse quitándole las horquillas para soltar su melena azabache, tomando sus labios, pegando sus caderas contra las de ella... Maldijo en silencio. Lo último que necesitaba era echar más leña al fuego imaginándose cosas así. Esbozó una sonrisa educada, y le preguntó:

–Dime, Iolanthe, ¿vives aquí, en Atenas?

–No. Mi padre tiene una casa aquí, en la ciudad –respondió ella, levantando la cabeza para sonreírle–, pero yo he vivido toda mi vida en el campo.

Aún sostenía frente a su rostro la máscara, un parapeto tras el cual sin duda se sentía más segura. La otra mano la tenía apoyada en su hombro, pero muy levemente, como si hasta le diese vergüenza asirse a él mientras bailaban. Él tenía las suyas en la cintura de ella, y a través del fino satén del vestido podía sentir el calor de su cuerpo.

–¿En el campo? –repitió, decidido a mantener a raya su deseo.

–En la villa de mi padre –le aclaró ella.

–Ah.

Una joven y rica heredera a la que, como solía ocurrir en esos casos, sus padres mantenían encerrada en una jaula de oro hasta que llegase el momento de casarla con el pretendiente adecuado.

La risa de Iolanthe lo sorprendió.

–Sí, es tan aburrido como suena –comentó la joven con humor–. Me he criado prácticamente entre algodones y supongo que ahora debes de estar pensando que eso me convierte en una persona aburrida.

–En absoluto –replicó él–. Me pareces de lo más refrescante.

–Dicho así, suena como si fuese un vaso de agua.

–O una copa del mejor champán –contestó él. Pero ¿qué estaba haciendo? ¿Por qué estaba flirteando con ella? Parecía que por algún motivo no podía evitarlo–. Y dime, ¿vas a volver al campo?

–Me temo que sí, aunque me encantaría poder quedarme en Atenas –murmuró ella con una mirada distante–. Me gustaría poder hacer algo distinto –un suspiro escapó de sus labios–. Me siento como si llevase toda mi vida esperando. ¿Te has sentido así alguna vez?

Alzó la mirada hacia él, y Alekos dio un respingo al ver en sus ojos la misma tristeza y vulnerabilidad que él tanto se esforzaba por ocultar.

–A veces –admitió. Durante los últimos cuatro años la espera había estado consumiéndolo; la venganza requería paciencia–. ¿Y qué estás esperando?

–Algo de emoción –contestó Iolanthe de inmediato–. Aventura. No tiene que ser algo grande; no aspiro a escalar montañas ni nada de eso –le explicó riéndose–. Ahora sí que debes de estar pensando que soy tonta.

–Por supuesto que no –le aseguró él. Solo era joven, sincera, y estaba llena de esperanza. Una combinación sorprendentemente embriagadora–. Pero, dime, ¿a qué te refieres entonces con «aventura»?

–Pues a algo que... algo que haga que mi vida merezca la pena. O, no sé, incluso importante.

La voz de Iolanthe se había tornado decidida, y había apretado en un puño la mano que tenía apoyada en su hombro. Alekos sintió un repentino impulso de protegerla que no alcanzaba a entender. ¿Qué más le daba a él que sus frágiles sueños acabasen hechos añicos por la dura realidad? Una vez él había sido como ella, y un golpe cruel lo había dejado tambaleándose durante años.

–¿Importante? –repitió.

Se moría por volver a oír su risa, y por besar sus dulces labios.

–Bueno, no es que yo quiera ser alguien importante; eso me da igual. Pero sí quiero hacer algo que cambie la vida de otra persona, aunque solo sea algo pequeño. Quiero vivir, no ver vivir a los demás –se rio de nuevo, pero esa vez su risa estaba teñida de amarga resignación–. Pero ¿de qué sirve soñar?, probablemente dentro de unos años no seré más que «la esposa de» y no haré nada de nada.

Aunque él había llegado a la misma conclusión, por algún motivo no le gustó oírselo decir a ella.

–¿Por qué dices eso?

Ella levantó la cabeza para mirarlo. Sus ojos ya no brillaban, y tenía los labios apretados.

–Tengo veinte años, y mi padre tiene intención de elegir un marido para mí. La única razón por la que estoy en esta fiesta es para dejarme ver a posibles pretendientes acordes a mi posición –casi escupió aquellas palabras.

–¿Y tiene alguno en mente? –inquirió Alekos, detestando la sola idea.

–Tal vez –las facciones de Iolanthe se tensaron antes de que apartara la vista–. Pero me gustaría poder tener al menos voz y voto.

–Es que así debería ser.

–No sé si mi padre estaría de acuerdo en eso –Iolanthe dejó escapar un suspiro cansado, demasiado cansado para alguien tan joven. Tenía toda la vida por delante, una vida que debería estar llena de posibilidades–. Pero hablemos de otra cosa. No quiero pensar en eso ahora, no cuando puede que esta sea la única oportunidad que tenga de divertirme en compañía del hombre más guapo de la fiesta –concluyó con una sonrisa coqueta.

Sus ojos brillaban con humor. Estaba flirteando descaradamente con él, y eso le arrancó una sonrisa a Alekos.

–Debo de parecer boba –añadió Iolanthe riéndose–, aquí, parloteando acerca de hacer cosas importantes y mejorar la vida de los demás.

–Eso no tiene nada de bobo. Yo creo que es lo que nos gustaría a todos: dejar huella de algún modo en este mundo.

–¿Y a ti? –le preguntó ella, mirándolo con curiosidad–. ¿Cómo te gustaría dejar huella en él?

Alekos vaciló.

–Consiguiendo que prevalezca la justicia –dijo finalmente.

Quería que Talos Petrakis pagase por lo que le había hecho.

Iolanthe esbozó una pequeña sonrisa.

–Ese sí que es un objetivo noble –suspiró de nuevo y añadió–: En mi caso es solo un sueño, claro, pero es bonito soñar, ¿no?

–¿Por qué dices eso? –le espetó él–. Eres joven y tienes toda la vida por delante. No tienes que casarte si no quieres. Podrías buscar un trabajo. Hasta podrías ir a la universidad. ¿Qué asignaturas te gustaban cuando ibas al colegio?

–Estudié en casa, con un tutor, pero siempre me gustó el dibujo –respondió ella–. Todavía hago bocetos y pinto de vez en cuando, aunque no tengo el suficiente talento como para convertirme en una pintora de verdad.

–Nunca se sabe.

–Pareces muy optimista.

Él soltó una risa seca. Ese era un adjetivo que jamás emplearía para describirse a sí mismo.

–No, es que no me gusta ver a alguien tan joven como tú cerrarse a todas las posibilidades que le ofrece la vida.

La pieza que estaba tocando la orquesta terminó en ese momento, pero Alekos se sentía reacio a alejarse de Iolanthe como se había propuesto, y en contra de su criterio se encontró preguntándole:

–¿Te apetece salir a la terraza a tomar un poco el aire?

Iolanthe paseó la vista por el salón de baile antes de volver a mirarlo.

–Sí –respondió–, me encantaría.

Magia. Todo en aquel encuentro con el apuesto Alekos parecía magia, algo completamente irreal. Tenía la sensación de que en cualquier momento se despertaría en su dormitorio y se daría cuenta de que solo había sido un sueño.

Estaba disfrutando con su conversación, y sus inseguridades habían ido desvaneciéndose con el modo en que la miraba Alekos. Además, cuando le había hablado de su anhelo de hacer algo con su vida, la había escuchado atentamente, y parecía que comprendía cómo se sentía. Su respuesta la había emocionado, y la había hecho preguntarse y hasta albergar una tímida esperanza de que su vida de verdad pudiera ser algo más de lo que su padre tenía planeado para ella.

Alekos tomó su mano y la condujo hacia las puertas cristaleras abiertas al fondo del salón de baile, y el solo contacto de su piel la hizo temblar por dentro.

Alekos le apartó la vaporosa cortina para que saliera a la terraza, y ella fue hasta la balaustrada de piedra. Apoyó una mano en ella, e inspiró el aire fresco de la noche mientras la envolvían los sonidos de la ciudad.

Sintió un cosquilleo en la nuca cuando Alekos se acercó y su hombro rozó el de ella. La Acrópolis, iluminada, se recortaba majestuosa contra el cielo nocturno, y a sus pies se desplegaba el barrio de Plaka, el casco antiguo de la ciudad, con sus calles estrechas.

–Ahora que lo pienso, no sé nada de ti –comentó riéndose suavemente–. Aparte de tus ansias de justicia.

Alekos la miró de reojo.

–¿Qué te gustaría saber?

«Cualquier cosa; todo».

–¿Vives aquí, en Atenas?

–Sí.

–¿Y a qué te dedicas?

–Tengo mi propio negocio: Demetriou Tech.

–Ah. Vaya, eso suena... –Iolanthe trató de encontrar algo inteligente que decir, pero no se le ocurría nada– interesante.

–Lo es –respondió él, reprimiendo una sonrisita.

–La verdad es que no sé mucho de informática –le confesó ella.

Aunque la compañía de su padre se dedicaba precisamente a la informática, Talos Petrakis pensaba que el mundo empresarial no estaba hecho para las mujeres, y siempre le había dicho que no hacía falta que entendiese de esas cosas.

–Volviendo a ti –dijo Alekos–, si pudieras hacer lo que quisieras... cualquier cosa... ¿qué te gustaría hacer?

Iolanthe se permitió por unos segundos fantasear con las posibilidades: ir a la universidad,

–Me gustaría conocer otros lugares –dijo dejándose llevar–. Iría a París, tal vez, o a Nueva York –se imaginó en la ribera del Sena o en Greenwich Village, haciendo dibujos al carboncillo y empapándose del ambiente del lugar–. Quiero ver cosas, hacer cosas... experimentar en vez de conformarme con mirar desde lejos.

–¿Es lo que estás haciendo ahora? –le preguntó Alekos con suavidad.

Sus dedos le rozaron la mejilla, haciéndola estremecer con aquella caricia inesperada. De pronto se sentía como si le hubiesen prendido fuego a sus entrañas.

–Sí... –susurró. Quería que volviera a tocarla, lo deseaba tanto que era algo casi abrumador–. Creo... –dejó escapar una risita nerviosa–. Creo que esto es lo más emocionante que me ha pasado en la vida.

Los ojos dorados de Alekos la escrutaron, y Iolanthe se estremeció de nuevo cuando bajaron a su boca.

–Entonces, quizás necesitas algo más de emoción –murmuró, y la besó.

Capítulo 2

DESDE el momento en que sus labios tocaron los de Iolanthe, Alekos supo que había cometido un grave error. El dulce modo en que respondió al beso fue lo que lo perdió. En un primer momento se puso tensa porque obviamente no había esperado que la besara, pero luego agarró con una mano la solapa de su chaqueta y su boca se abrió como una flor, y él libó su dulce néctar.

La oyó gemir sorprendida cuando su lengua se adentró en su boca, y la máscara, que aún sostenía con la mano libre, cayó al suelo.

Apenas era consciente de sus actos cuando la arrinconó contra la balaustrada y, deslizando sus manos por el vestido de satén, la asió por las caderas para atraerla hacia su erección.

Iolanthe gimió de nuevo, y solo entonces se dio cuenta de lo que estaba haciendo. Le había faltado poco para empezar a sacudir sus caderas contra las de ella. Despegó sus labios de los de Iolanthe, y maldijo entre dientes mientras se apartaba de ella.

–Iolanthe, yo...

La joven alzó la vista hacia él, mirándolo aturdida. Tenía los labios hinchados por el apasionado beso, y sus mejillas estaban teñidas de un suave rubor. Alekos volvió a maldecir para sus adentros.

–Perdona, no pretendía hacer eso.

Iolanthe se tocó los labios con las yemas de los dedos.

–Entonces... ¿qué pretendías hacer? –le preguntó con una risita.

–No pensaba lo que hacía –admitió él, agachándose para recoger la máscara–. La verdad es que mi intención era apartarme de ti cuando hubiera acabado nuestro baile, pero... –se detuvo, reacio a reconocer el efecto que tenía en él, cuánto la deseaba.

–Me alegro de que no lo hicieras –murmuró Iolanthe. Y luego, con los ojos brillantes y una sonrisa tímida, añadió–: Ese ha sido mi primer beso.

Aunque lo había sospechado, el que ella se lo confirmara lo hizo sentirse aún peor. Había estado a un paso de desflorar a una inocente virgen, y ese no era su estilo. Tenía que poner punto y final a aquello, y tenía que hacerlo ya.

Cuando le tendió la máscara, ella la tomó y lo miró de un modo tan expectante que se sintió todavía más avergonzado de sí mismo.

–Debería llevarte dentro...

–No, por favor –le suplicó ella, poniéndole una mano en el pecho–. No quiero volver ahí.

–Algún otro hombre te invitará a bailar y...

–No quiero bailar con nadie más –el rostro de Iolanthe se ensombreció–. Además, siento como que no valgo nada cuando me comparo con las otras mujeres; ¡son todas tan sofisticadas...!

–Pues no debes sentirte así –replicó él–. Eres la mujer más hermosa de la fiesta.

–Entonces, quédate aquí fuera conmigo –lo desafió Iolanthe, apretando suavemente la mano contra su pecho–. Por favor.

Iolanthe no sabía cuándo se había vuelto tan lanzada. Quizás era por lo desesperada que estaba, porque no podía soportar la idea de tener que pasar el resto de la fiesta custodiada por Lukas. O quizá fuera el beso de Alekos lo que le había dado valor. Se había sentido como si estuviese ardiendo por dentro. Nunca se había sentido tan viva.

–¿Iolanthe...?

La joven se tensó y se le cayó el alma a los pies al oír la voz nasal de Lukas. Al girar la cabeza, vio su silueta tras las finas cortinas de las puertas cristaleras del salón de baile.

–¿Iolanthe, estás ahí fue...?

Lukas se paró en seco al apartar las cortinas y verla con Alekos. Ella iba a quitar la mano del pecho de este, y se sorprendió cuando Alekos se lo impidió, atrapándola con la suya y apretándola suavemente.

–¿Quería usted algo? –inquirió en un tono educado, volviendo la cabeza hacia Lukas.

Lukas frunció el ceño y lo ignoró para dirigirse a ella.

–Tu padre me pidió que no te perdiera de vista y que cuidara de ti.

Iolanthe miró a Alekos, pero no parecía que fuera a ayudarla. Tenía apretados los labios y la mandíbula. Le soltó la mano y le dijo en un tono frío:

–Deberías irte.

Iolanthe se esforzó por no exteriorizar lo dolida que se sentía. ¿Tan pronto se había cansado de ella?

–Iolanthe –volvió a llamarla Lukas en un tono impaciente.

No quería irse con él, pero... ¿qué otra cosa podía hacer? Al apartarse de Alekos, por un instante le pareció ver un atisbo de arrepentimiento en sus ojos, y se detuvo, vacilante. Si intentara convencerla para que se quedara con él, lo haría, sin importarle cuáles pudieran ser las consecuencias. Pero la expresión de Alekos se endureció y apartó la vista.

–Ven, volvamos a la fiesta –insistió Lukas, tendiéndole la mano.

Iolanthe lo miró, llena de frustración. Tal vez, si aguantase unos cuantos bailes más, en algún momento podría volver a escapar de él e ir en busca de Alekos.

–De acuerdo –murmuró, y contrajo el rostro al poner su mano en la mano sudosa de Lukas.

Las manos de Alekos eran cálidas, y cuando bailaba demostraba una apabullante confianza en sí mismo. Por contra, los movimientos mecánicos de Lukas hacían que le entrasen ganas de pegarle un pisotón. O mejor, de dejarlo plantado en medio de la pista y huir de él.

Pero no hizo ninguna de las dos cosas, sino que, resignada, volvió dentro y bailó con él. Mientras giraban por el concurrido salón, buscaba a Alekos con la mirada, pero no lo veía por ninguna parte, y pronto sus esperanzas empezaron a disiparse.

Un par de horas después a Iolanthe le dolían no solo los pies, sino también el corazón. Aparte de haber tenido que volver a bailar con Lukas, también había tenido que permanecer junto a él, como un pasmarote, mientras mantenía soporíferas conversaciones de negocios con otros invitados. Y Alekos seguía desaparecido. Tal vez se hubiese marchado ya.

La fiesta estaba tocando a su fin, y los invitados empezaban a salir del hotel. Cuando el chófer estaba abriéndoles la puerta para que subieran al coche, a Lukas le llegó un mensaje al móvil.

–Tu padre necesita que vaya a la oficina a llevarle unos papeles.

–¿A estas horas?

No sabía de qué se sorprendía. Su padre era un adicto al trabajo.

–Vuelve dentro y espérame en el vestíbulo –le dijo Lukas–; no tardaré.

Iolanthe, cuyo único consuelo era que la velada por fin había terminado, vio a Lukas subirse al coche antes de suspirar con pesadez y entrar de nuevo en el hotel. Con los pies doloridos y el corazón desolado, iba a dejarse caer en uno de los sillones del elegante y enorme vestíbulo, cuando vio a Alekos saliendo del bar. De un plumazo su sensación de soledad se evaporó, y fue ansiosa hacia él. Le daba igual lo desesperada que pudiera parecer.

Alekos había pasado las últimas dos horas bebiendo en el bar del hotel. Había bebido tanto que, aunque no estaba borracho, al ver a la preciosa Iolanthe yendo hacia él, pensó que debía de ser solo producto de su imaginación. No había podido dejar de pensar en ella, y no porque no lo hubiera intentado.

Había estado observándola un rato mientras bailaba con su guardián, un tipo acartonado con dos pies izquierdos. Cuando ya no había podido aguantarlo más, se había ido al bar.

–Alekos... –murmuró Iolanthe con una sonrisa, alargando la mano hacia él.

No, aquello era una locura... Alekos cerró su mano en torno a la de ella para detenerla, pero, en vez de apartarla, lo único que consiguió con eso fue atraerla hacia sí.

–Creía que te habías marchado –dijo Alekos.

–No, todavía no –respondió ella–. Me alegro tanto de volver a verte...

Tenía que cortar aquello de raíz, por bonita que fuera aquella chica; por atraído que se sintiese por ella.

–Iolanthe, no...

–Como no te veía por ninguna parte, yo también pensé que te habías ido. Creía que te habías cansado de mí –la joven se mordió el labio inferior, y su rostro se ensombreció–. Quiero decir... no te has cansado de mí, ¿no?

–Pues claro que no.

Se sentía como un depredador. Era una chica inexperta, ingenua... Le rompería el corazón cuando tomara de ella lo que tanto ansiaba y se alejara después. Y, sin embargo, la tentación era demasiado grande, y él no era un santo. Tragó saliva.

–Estaba a punto de irme arriba.

–¿Arriba? –repitió ella.

–He reservado una suite para esta noche.

–¿Ah, sí? –inquirió ella con los ojos muy abiertos.

–Podrías subir conmigo a tomar una copa –le propuso Alekos.

Una copa, un beso o dos... Y luego la dejaría marchar.

–Bueno –accedió ella tímidamente.

Alekos se preguntó si sabría dónde se estaba metiendo. ¿Acaso lo sabía él?

Iolanthe apenas dedicó un pensamiento fugaz a Lukas y a su padre antes de subir en el ascensor con Alekos. Quizá estaba siendo una estúpida, o quizá su comportamiento fuera temerario y disoluto, pero en ese momento le daba igual. Aquella era una noche para la magia.

Cuando entraron en la lujosa suite de Alekos, sin embargo, Iolanthe se sintió de repente algo vergonzosa. A través de los ventanales, que iban del suelo al techo, se les ofrecía una espectacular vista de la Acrópolis, pero ella apenas se fijó, igual que tampoco se fijó en la elegante decoración.

Mientras Alekos iba hacia el minibar, dejó caer su bolso y la máscara en un sofá, debatiéndose entre la inquietud y la emoción. Aquello era peligroso, era una locura... pero también tremendamente excitante. El sentido común le decía que debería salir corriendo de allí, pero no se movió. No podía soportar la idea de que la noche terminase, de que las puertas de su futuro se cerrasen. Quería que Alekos la besara de nuevo.

–Creo que la ocasión lo merece, ¿no crees? –le dijo Alekos, mostrándole una botella de champán que acababa de sacar del minibar.

–Supongo que sí –murmuró ella, aunque solo había probado el champán en un par de ocasiones.

Alekos descorchó la botella y llenó dos copas. Cuando le tendió una, ella la tomó con dedos temblorosos.

–A tu salud –dijo él, levantando su copa antes de beber.

–A la tuya –respondió ella.

Cuando bebió, las burbujas le subieron por la nariz, haciéndola toser.

Alekos enarcó una ceja, y ella, que no sabía qué hacer, se rio.

–Perdona, es que todavía no me he acostumbrado al champán.

–Tan ingenua en esto como en todo lo demás –murmuró él.

–No es algo que pueda evitar –se defendió Iolanthe, molesta.

–Lo sé.

Alekos se quedó mirándola con los ojos entornados y los labios ligeramente apretados. ¿Se estaría arrepintiendo de haberla invitado a subir?

–¿Por qué me miras así? –le preguntó vacilante.

–Porque no deberías estar aquí –contestó él. Su tono áspero confirmó sus temores–. No debería haberte invitado a subir. No sabes dónde te estás metiendo, Iolanthe.

Para su sorpresa, no sintió miedo, sino que la recorrió un cosquilleo de excitación.

–¿Y si resulta que sí lo sé? –se atrevió a preguntarle.

Alekos dio un paso hacia ella.

–¿Lo sabes? –le espetó en un murmullo.

Iolanthe no estaba segura de si sus palabras eran una amenaza o una invitación. Quizá ambas cosas.

Sabía lo que había que saber sobre el sexo, pero aquel... aquel deseo que la invadía era algo completamente nuevo para ella. Y embriagador. No podía marcharse. No cuando Alekos estaba tentándola de esa manera, dejándole entrever un mundo nuevo de experiencias del que hasta entonces solo había sabido por las novelas románticas que había leído. Y es que, a pesar de su ingenuidad, sabía lo que significaba la intensa mirada de Alekos, y sabía que él estaba pensando en mucho más que un beso.

¿Por qué no darse el capricho de una noche de placer, que quizá pudiera convertirse en algo más? De pronto se apoderó de ella una loca esperanza que la hizo sentirse mareada. Tal vez, pensó, Alekos podría ser un marido apropiado para ella. ¿Por qué no? ¿Por qué no podría ser aquello el principio de una nueva vida para ella?

Lo miró a los ojos, si no sin temor, al menos sí con decisión, con deseo, y se estremeció cuando él alargó la mano y le acarició la mejilla.

–Tienes una piel tan suave... –murmuró Alekos.

Iolanthe tragó saliva.

–Bésame otra vez –le pidió en un susurro.

Los dedos de Alekos se detuvieron y sus facciones se tensaron, como paralizado por el choque entre el deseo que sentía por ella y su conciencia.

–No quiero seguir siendo la chica ingenua que vive en una urna de cristal –le dijo ella–. Quiero experimentar placer, quiero sentirme deseada...

–Pues no te imaginas cuánto te deseo yo... –le aseguró él con voz ronca.

La atrajo hacia sí y sus labios se abalanzaron sobre

los de ella. Luego su lengua invadió su boca, y fue como si un rayo la hubiera sacudido. Las fuertes manos de Alekos comenzaron a recorrer su cuerpo, prendiendo fuego a su paso en cada centímetro de su piel, y cuando agarraron sus pechos se estremeció como una hoja. Jamás se había imaginado que podría sentirse así, desear a alguien de esa manera...

Se aferró a sus hombros y, dejándose llevar por un arranque de atrevimiento, deslizó las manos por su camisa, palpando los músculos esculpidos bajo la tela de algodón. Alekos gimió y despegó sus labios de los de ella.

–Iolanthe, deberías marcharte –le dijo jadeante.

¿Marcharse?, ¿cuando su cuerpo ansiaba más de sus caricias?, ¿cuando sentía que por fin su vida estaba empezando de verdad?

–Deja que me quede –le suplicó en un susurro. Apretó la palma de la mano contra su pecho para poder sentir los latidos de su corazón–. Por favor...

Alekos escrutó su rostro.

–¿Eres consciente de lo que estás pidiéndome?

Aunque le dio un vuelco el corazón, una sonrisa se dibujó en los labios de Iolanthe.

–No soy tan ingenua.

–No podemos...

–Sí que podemos.

Poniéndose de puntillas, rozó sus labios contra los de él. Alekos se estremeció y respondió al beso, bajando las manos a sus caderas para atraerla más hacia sí y apretarla contra su entrepierna mientras exploraba con la lengua cada rincón de su boca.

Iolanthe se frotó contra su erección, excitada por aquella muestra evidente de su deseo, y acalló a la vocecita que le decía que parara, que entrara en razón, que se diera cuenta de que aquello era un error.

–Si estás segura... –murmuró Alekos.

Y ella, en respuesta, se apretó aún más contra él.

Alekos no podía pensar. Era como si Iolanthe le hubiese robado la razón. No recordaba haber deseado así a ninguna mujer. Le temblaban las manos cuando le bajó la cremallera del vestido.

El blanco satén resbaló, dejando al descubierto un cuerpo perfecto. Alekos, que había estado conteniendo el aliento, suspiró mientras la devoraba con los ojos.

–Eres tan hermosa...

Las mejillas de Iolanthe se tiñeron de rubor, pero no trató de taparse. Sus pequeños y erguidos senos estaban contenidos en un sujetador de delicado encaje, y las braguitas a juego dejaban entrever el oscuro vello de su pubis. Se moría por tocarla.

Tomó su mano para ayudarla a salir del vestido, y el satén emitió un suave frufrú con el roce de sus torneadas piernas. Iolanthe empezó a desabrocharle los botones de la camisa, pero era tan torpe e iba tan despacio que Alekos apartó sus manos para hacerlo él mismo y arrojó la camisa a un lado.

Los labios de Iolanthe se curvaron en una sonrisa, y lo miró con ojos brillantes antes de ponerse a acariciar su pecho desnudo.

–Tú sí que eres hermoso... –murmuró.

Alekos se rio.

–Es la primera vez que una mujer me dice algo así.

–Pues es la verdad –replicó ella, deslizando sus suaves manos por su torso.

Al llegar a la cinturilla de los pantalones se detuvo, tímida. Alekos fue hasta la cama, y se volvió para llamarla.

–Ven a la cama.

Alekos vio una sombra de duda en sus ojos, pero al

final Iolanthe fue hacia él por voluntad propia, y hasta con orgullo, caminando con la barbilla alta y sus caderas contoneándose suavemente.

Debería parar aquello. Sabía que debía pararlo antes de hacerle daño a Iolanthe, pero, cuando ella alzó sus ojos grises hacia él, confiada, reprimió un gruñido y tomó su mano, atrayéndola hacia sí.

Iolanthe notaba las sábanas de seda frescas y resbaladizas bajo su cuerpo desnudo. Alekos acabó de desvestirse y, cuando se tumbó a su lado y la tomó entre sus brazos, pudo sentir los duros músculos de su pecho, el vello de sus piernas y, lo más excitante, su miembro palpitante contra su vientre.

Alekos se colocó sobre ella y comenzó a besarla y acariciarla. Iolanthe se arqueó hacia él, y gimió sorprendida cuando una de sus manos se aventuró entre sus muslos. Nunca la habían tocado en ese lugar tan íntimo, y lo que estaba haciendo Alekos estaba dándole muchísimo placer.

–¿Te gusta? –le preguntó con voz ronca.

–Sí...

Hundió el rostro en su cuello, azorada, y él continuó tocándola con tal habilidad, que pronto su cuerpo empezó a reaccionar como si tuviera voluntad propia, y se encontró abriendo las piernas y arqueando las caderas en un frenesí por alcanzar la cúspide del placer que Alekos estaba dándole.

A los pocos segundos, aún estaba temblando por la intensidad del orgasmo que le había sobrevenido, cuando sintió el miembro de Alekos a punto de penetrarla. Alzó la vista hacia él y vio su rostro contraído.

–Iolanthe, ¿estás segura de que es esto lo que quieres?

–Sí... sí, lo quiero.

Se arqueó ansiosa en una muda invitación. Sin embargo, a pesar del deseo que la embargaba, la invasión de su miembro endurecido le arrancó un gemido de dolor y se puso tensa.

Alekos se quedó quieto, y esperó con la respiración entrecortada a que se acostumbrara a tenerlo dentro de sí.

–¿Estás bien? –le preguntó.

Ella inspiró profundamente y asintió.

Era algo nuevo y extraño, pero a la vez maravilloso, y de pronto fue consciente de que había cruzado un umbral, y que ya no podría volver atrás: había dejado de ser virgen.

Alekos empezó a moverse, y todo pensamiento abandonó su mente mientras comenzaba a moverse ella también, adaptándose al ritmo que él estaba marcando. El placer que sentía era cada vez mayor, y pronto se encontró gritando mientras se aferraba a sus hombros.

Cuando llegaron al clímax, Alekos jadeó y se estremeció antes de hundir el rostro en la curva de su cuello, y ella cerró los ojos y se abandonó a los coletazos de placer que aún la sacudían.

Alekos se quitó de encima de ella y se tumbó a su lado, tapándose la cara con un brazo mientras recobraba el aliento. Pero ¿qué había hecho?, ¿en qué había estado pensando? ¿Cómo había podido acostarse con una chica virgen? Y ni siquiera había usado un preservativo... La única explicación que podía encontrar era que una especie de locura se había apoderado de él. Solo en ese momento, saciada al fin su ansia, al darse cuenta de las desastrosas consecuencias que podían tener sus actos, los remordimientos reemplazaron el deseo que lo había arrollado por completo.

Le había quitado a Iolanthe algo que no tenía derecho a tomar, por mucho que los dos hubiesen estado de acuerdo en que querían hacerlo. La culpa de lo que pudiera pasar, la responsabilidad, era solo suya.

Apartó el brazo y giró la cabeza para mirar a Iolanthe. Tenía las mejillas encendidas y un mechón húmedo pegado a la mejilla. Había cerrado los ojos, pero los abrió en ese momento, como si hubiera sentido que estaba mirándola y, cuando sus ojos se encontraron, se mordió el labio inferior, vacilante.

–Lo siento –murmuró él.

Iolanthe dio un respingo.

–¿Que lo sientes? –repitió con voz temblorosa–. ¿Por qué?

Alekos exhaló un pesado suspiro.

–No debería haber hecho esto. Toda la culpa es mía.

Los ojos de ella relampaguearon.

–¿Y mi opinión no contaba para nada?

Alekos esbozó una sonrisa cansada, animado al ver que aún podía mostrar algo de espíritu a pesar de lo que acababa de pasar.

–No es eso, pero eres muy joven y...

–Deja de decirme lo joven que soy –lo interrumpió Iolanthe. Se incorporó, tapándose el pecho con la sábana, y con labios temblorosos, le informó enfadada–: Tengo veinte años.

Seis años menor que él. Alekos sintió una punzada de lástima mezclada con irritación. Lo último que necesitaba eran sus lágrimas.

–No me arrepiento de nada –le dijo desafiante–. Puede que hayamos ido demasiado deprisa, pero eso no cambia cómo me siento.

Alekos se quedó quieto y entornó los ojos. Tenía un mal presentimiento.

–¿No cambia cómo te sientes? –repitió.

Iolanthe lo miró nerviosa.

–Hay... hay una conexión entre nosotros, Alekos –señaló el colchón con un movimiento de cabeza–. Es evidente.

–Te refieres al sexo –aclaró él en un tono desapasionado.

Iolanthe frunció el ceño.

–Bueno, sí, pero... es más que eso, ¿no?

Se mordió el labio inferior, y Alekos maldijo para sus adentros al ver la incertidumbre que había en sus ojos. La ingenuidad y la sinceridad que lo habían intrigado y atraído hacía solo unas horas, de repente lo espantaban. Debería haberse imaginado que pasaría aquello: Iolanthe había confundido el sexo con amor.

Lo más considerado, lo único que podía hacer, era ser directo. Brutalmente directo. No podía permitirle abrigar siquiera la más mínima esperanza. Lo contrario sería cruel.

Se levantó de la cama, recogió sus pantalones del suelo y, de espaldas a ella, le dijo:

–No es nada más que eso, Iolanthe. Nos deseábamos físicamente, lo hemos hecho... y no hay más.

La oyó sollozar y cerró los ojos con fuerza un instante, sintiéndose como un miserable, antes de empezar a vestirse. Otro sollozo. Recogió también la camisa y se la puso. Cuando se volvió, Iolanthe, que ya había recobrado un poco la compostura, lo miró con la barbilla bien alta. Solo sus ojos humedecidos delataban que había llorado. Seguía con la sábana agarrada contra el pecho.

–Entiendo –murmuró con dignidad, aunque le tembló un poco la voz. Alekos no pudo sino sentir admiración por lo fuerte que era–. ¿Y eso es todo? ¿Has tomado de mí lo que has querido y ahora me echas con cajas destempladas?

–Fuiste tú quien me lo puso en bandeja –replicó él, antes de poder controlarse.

–Y tú te limitas a tomar lo que te ofrecen, ¿no? –el desprecio del rostro de Iolanthe lo hirió en lo más profundo de su ser–. Soy una estúpida, ¿verdad? Creí... creí que... –sacudió la cabeza, entre dolida y molesta consigo misma.

Alekos contrajo el rostro.

–Lo siento.

–Sabía lo que estaba haciendo, pero pensé... –Iolanthe volvió a sacudir la cabeza y se rio con amargura–. Pensé que podrías ser un buen marido para mí, que mi padre te aprobaría. Pero probablemente la sola idea te espanta, ¿no?

Alekos no podía soportar oírla burlándose así de sí misma.

–Por supuesto que no.

–¿Ah, no? Pues por tu actitud hacia mí me da la impresión de que quieres que me vaya lo antes posible.

–Yo... –de repente, Alekos se sentía desconcertado. La verdad era que no sabía qué quería.

–No te preocupes; me iré en cuanto me haya vestido.

–Te pido perdón si te confundí con mi conducta o mis palabras –le dijo Alekos avergonzado–. Además de ser preciosa, eres encantadora. Me embrujaste desde el primer momento en que te vi, pero estoy seguro de que encontrarás a un buen hombre que...

–Por favor, ahórrame el discursito –lo cortó Iolanthe en un tono frío.

Se levantó de la cama, envuelta en la sábana, y con las mejillas encendidas por el enfado.

–No debería haberte invitado a subir –murmuró Alekos–. Ni siquiera hemos usado un preservativo.

Aunque en un primer momento los ojos de Iolanthe se llenaron de pánico, luego se calmó y le contestó:

–Hasta yo sé lo poco probable que es quedarse embarazada la primera vez.

–Pero aun así es posible.

Ella ladeó la cabeza y lo miró con los ojos entornados.

–Y, si me hubiese quedado embarazada, ¿qué?

Alekos vaciló.

–Me tomó mis responsabilidades muy en serio.

–¿Qué quieres decir?

Él apretó los labios.

–Que ya nos ocuparemos de eso llegado el caso.

–No sabes cómo me tranquiliza oírte decir eso... –murmuró ella con sorna.

Recogió su ropa del suelo y le dio la espalda para empezar a vestirse. Al ver que le estaba costando subirse la cremallera del vestido, dio un paso hacia ella.

–Espera, deja que te ayu...

–No –a Iolanthe le temblaba la voz. Inspiró profundamente y acabó de subirse la cremallera con un par de tirones–. No necesito tu ayuda –murmuró, poniéndose los zapatos.

–No quiero que te vayas así.

–Pero sí quieres que me vaya.

Por un momento, Alekos sopesó la alternativa: dejar que se quedase, conocerla mejor... quizá hasta casarse con ella. Y luego pensó en los riesgos emocionales que todo eso implicaba, y su corazón se cerró en banda de inmediato a la mera posibilidad.

–Deja al menos que te lleve a casa.

–Mi padre estará esperándome cuando llegue –contestó ella–. Y te aseguro que no quiero que sepa qué he estado haciendo –añadió, dejando escapar una risa nerviosa.

–¿Tendrás problemas con él? –inquirió Alekos.

Teniendo en cuenta que a sus veinte años no había salido de casa, y que su padre iba a casarla sin pedirle opinión, no había duda de que se pondría furioso. Y la culpa era de él. ¿En qué había estado pensando? Tenía que hacer algo...

–Iolanthe, deja que te ayude, por favor.

–¿Ayudarme? ¿Cómo me vas a ayudar? –quiso saber ella.

Pero, antes de que pudiera contestar, se oyeron voces en el pasillo y vio con incredulidad cómo se abría la puerta de la suite. Parpadeó anonadado al ver al hombre con el que Iolanthe había estado bailando y, detrás de él, a su enemigo: Talos Petrakis.

–¿Qué diablos...?

A una orden de Petrakis, dos tipos fornidos, sin duda sus guardaespaldas, entraron en la habitación y lo agarraron, retorciéndole los brazos tras la espalda.

–¡Papá! ¡No, espera!

Para su espanto, Alekos vio a Iolanthe dar un paso hacia Petrakis con una mano en alto.

–Hazte a un lado, Iolanthe –gruñó Petrakis.

«¿ Papá?». ¿Petrakis era el padre de Iolanthe?

–Ocupaos de él –ordenó a sus matones.

Los dos tipos lo llevaron hacia la puerta, y aunque forcejeó con ellos, lo único que consiguió fue un doloroso codazo en los riñones.

–¡No tiene derecho a hacer esto! –le gritó a Petrakis–. ¡No puede tratarme así!

Petrakis ni siquiera se dignó a mirarlo.

–Ven conmigo –le dijo a su hija, rodeándola con un brazo.

Lo último que vio Alekos fue el pálido rostro de Iolanthe mientras su padre la sacaba de allí.

Capítulo 3

YA VA siendo hora de hablar de tu futuro.
Sentado tras su escritorio, Talos Petrakis escrutaba el rostro de su hija con expresión inflexible.

Iolanthe rehuyó su mirada. Había pasado casi un mes desde que su padre la encontrara con Alekos la noche de la fiesta, y todas esas semanas habían sido una auténtica pesadilla. Había estado prácticamente recluida en su dormitorio en la casa que tenían en Atenas, y las pocas veces que había visto a su padre, la había tratado con frialdad y desprecio. En su expresión severa se traslucía la repulsa que sentía por su comportamiento. ¿Y acaso podía culparlo por ello?

No se podía creer lo estúpida que había sido, lo imprudente que había sido su comportamiento. ¡Acostarse con un desconocido creyendo que podía conducir a algo serio!

–Confío en que serás consciente de la situación desesperada en que te encuentras –dijo su padre.

Iolanthe parpadeó y volvió la vista hacia él.

–¿Desesperada? –repitió sin comprender.

–Te has convertido en plato de segunda mesa –dijo su padre–. ¿Qué hombre querrá casarse contigo ahora?

Iolanthe contrajo el rostro, dolida por sus crudas palabras. Estaban en el siglo XXI, pero en el mundo en el que se movía su padre, eran la realidad.

–Alguien que me quiera –murmuró vacilante.

–¿Y quién va a querer a una mujer que se ha entregado a un desconocido? –su padre sacudió la cabeza, mirándola con reproche–. Todavía no me puedo creer que hicieras algo así, que me desobedecieras y te comportaras como una cualquiera.

Iolanthe apretó los puños.

–Cometí un error; lo sé.

–Un error con terribles consecuencias –apuntó su padre. Suspiró y se echó hacia atrás en su asiento mientras se masajeaba las sienes–. ¿En qué me he equivocado como padre para que me trates así? –sus facciones se tornaron pétreas mientras la escrutaba en silencio–. Tienes que casarte –dijo–. Y Lukas sigue interesado en convertirte en su esposa.

–¿A pesar de todo? –inquirió Iolanthe con sorna.

Los ojos de su padre relampaguearon.

–Tienes suerte de que esté dispuesto a pasar por alto tu vergonzoso desliz.

Así que ahora era afortunada por que Lukas Callos quisiese casarse con ella, pensó Iolanthe con amargura.

–La única alternativa que tienes es volver a nuestra villa en el campo, de donde no saldrás, tenlo por seguro, en una buena temporada.

Iolanthe bajó la vista y cerró los ojos un momento. Las puertas de su prisión estaban cerrándose inexorablemente.

–Te daré un día para que lo pienses –dijo su padre, como si estuviera siendo tremendamente magnánimo–. Pero ni uno más. No quiero que Lukas cambie de idea.

El problema era que lo más probable era que Lukas cambiase de idea, pensó ella, cuando supiera que había algo más. Habían pasado cuatro semanas, y aún no le había bajado la regla. Y no era solo eso: las náuseas que había estado teniendo por las mañanas, lo cansada que se sentía, el dolor que notaba en los pechos... todo apuntaba a algo que ya no podía seguir ignorando: estaba embarazada. Lukas podía estar dispuesto a casarse con ella aunque ya no fuese virgen, pero... ¿estaría dispuesto a aceptar como suyo a un hijo bastardo?

–Lo pensaré –le prometió a su padre con aspereza.

Pero antes de eso necesitaba hablar con Alekos. Le había dicho que, si se hubiese quedado embarazada, querría saberlo. Y quizá... quizá se ablandaría si supiera que iba a tener un hijo suyo. ¿Qué otra esperanza tenía?

–Papá –dijo vacilante–, ¿y qué me dices... qué me dices de Alekos Demetriou?

Su padre la miró furibundo.

–¿Qué pasa con él? –gruñó.

–¿No crees que podría ser... un buen marido para mí?

Su padre enrojeció de ira, y su mirada se volvió tan amenazante que Iolanthe dio un paso atrás, atemorizada. Nunca lo había visto tan enfadado.

–No sabes quién es ese hombre.

Iolanthe tragó saliva.

–¿Qué quieres decir?

–¿Creíste que sentía algo por ti? –le espetó su padre–. Estaba utilizándote para vengarse de mí. Me la tiene jurada desde que nos adelantamos y sacamos al mercado un *software* que su empresa estaba intentando desarrollar.

Iolanthe se quedó mirando a su padre aturdida. ¿Alekos y él se conocían? ¿Y había rencillas entre ellos?

–No... –murmuró–. Eso no puede ser ver...

–Te aseguro que lo es –la cortó su padre.

Iolanthe sacudió la cabeza.

–Pero ¿cómo podía saber que era tu hija?

Su padre se encogió de hombros.

–Habrá contratado a un investigador privado.

Iolanthe se negaba a creerlo. Recordó la delicadeza con que sus brazos le habían ceñido la cintura mientras bailaban, la ternura con que le había acariciado la mejilla... A ella no le había parecido una venganza. Al menos no hasta después de que lo hubieran hecho, cuando le había dado la impresión de que estaba deseando que se marchara.

Espantada, admitió para sus adentros lo improbable que era que un hombre como Alekos se hubiese interesado en una chica ingenua como ella sin un motivo oculto. La idea de que la hubiese utilizado, como había dicho su padre, hizo que se le revolviese el estómago.

–No puedo creerlo –volvió a murmurar, confundida, aunque la realidad era que no quería creerlo.

–Pues créetelo –le espetó su padre con frialdad–, y cásate con Lukas.

Alekos se quedó mirando el anuncio en el diario *Athinapoli* del día anterior y se dijo que aquello no le importaba nada. De modo que Iolanthe iba a casarse con Lukas Callos, el aburrido tipo que la había acompañado al baile. ¿Acaso le sorprendía? Ella misma le había dicho que su padre iba a concertar su matrimonio. Su padre... Talos Petrakis...

Un arranque de rencor lo sacudió al recordar la última vez que se había encontrado cara a cara con su enemigo. Después de que irrumpiera en la suite del hotel, sus matones lo habían llevado a un callejón detrás del edificio y le habían dado una paliza que casi lo había dejado inconsciente. Pero no lo había acobardado; solo había conseguido que aumentaran sus deseos de venganza.

En cuanto a Iolanthe... Alekos apretó los labios enfadado. Quizá le hubiese tendido una trampa; quizá su intención había sido que su padre los encontrase juntos. ¿Cómo podría haber sabido si no Petrakis dónde estaba?

Recordó la prisa que parecía haber tenido Iolanthe

por perder la virginidad con él, un perfecto desconocido. Tal vez había querido rebelarse contra su padre, contra el aislamiento al que la tenía sometida. Fuera como fuera, le daba igual que lo hubiese urdido o que solo hubiese sido víctima de su ingenuidad. No podía confiar en ella. No podía fiarse de nadie.

Al oír un par de golpes en la puerta abierta de su despacho, levantó la cabeza. Era Stefanos, su guardaespaldas. Lo había contratado después de la paliza de los matones de Petrakis. Jamás volvería a pillarlo desprevenido.

–Ha venido una mujer que quiere hablar con usted, señor.

Alekos se puso tenso. Nadie iba a visitarlo allí, en su apartamento de Atenas. Hacía poco que lo había alquilado, y su dirección no aparecía en la guía telefónica.

–¿Te ha dicho cómo se llama?

–Solo me ha dado un nombre de pila: Iolanthe.

Alekos dobló el periódico, lo arrojó sobre el escritorio y se pasó una mano por el cabello. ¿Cómo lo había encontrado? ¿Y para qué quería verlo? Aún se sentía inquieto por no haber utilizado un preservativo. La recibiría, pero solo por esa razón.

–¿Dónde está? –le preguntó a Stefanos.

–La he dejado esperando en el vestíbulo.

–Hazla pasar a la salita –le dijo Alekos–. Iré enseguida.

Stefanos asintió y salió de la habitación. Alekos se levantó de su sillón y se paseó por el despacho, presa de una mezcla de sentimientos encontrados ante la idea de volver a ver a Iolanthe. Ya no sabía qué pensar de ella. Al principio le había parecido encantadora, pero en ese momento sospechaba que lo había embaucado, como había hecho su padre hacía años, alentándolo, dándole palmaditas en la espalda, pidiéndole que le explicara sus ideas... Y él, que entonces solo tenía veintidós años, había creído que había encontrado un mentor. ¡Qué equivocado había estado!, ¡qué estúpido había sido! ¡Qué confiado!

Nunca más, se juró a sí mismo. Nunca más volvería a confiar en un Petrakis. Nunca volvería a fiarse de nadie. Inspiró profundamente, irguió los hombros y salió del despacho.

Mientras esperaba, con el corazón latiéndole con fuerza, Iolanthe observaba a través del cristal de la ventana la bulliciosa calle, iluminada por las farolas y las luces de neón. Todavía no podía creerse que hubiera tenido el valor de salir a hurtadillas de casa de su padre para ir hasta el bloque de apartamentos en el que vivía Alekos. Si su padre se diese cuenta de que había salido...

Pero tenía que ver a Alekos. Necesitaba saber si la había utilizado como había dicho su padre. Y si no lo había hecho... a pesar de todo lo que había ocurrido no podía evitar fantasear con que, cuando le dijese que estaba embarazada, él la llevaría con él y serían felices para siempre, y ya no tendría que casarse con Lukas Callos.

Al oír abrirse la puerta, se giró nerviosa, con una mano en el corazón. Alekos se quedó de pie en el umbral, observándola. Los labios que la habían besado con tanto ardor formaban en ese momento una fina línea, y los ojos ambarinos que había visto brillar de deseo, la miraban fríos, con dureza. Frunció el ceño y se cruzó de brazos en un claro gesto de hostilidad. Las fantasías de Iolanthe se desintegraron de inmediato. ¿Qué estaba haciendo allí? Haber ido a verlo había sido un error. Aun así, tragó saliva y empezó a hablar.

–Alekos, yo...

–¿Cómo me has encontrado?

Su tono agresivo la sobresaltó.

–Tu dirección estaba entre los papeles de mi padre.

Se había colado una noche en su despacho, y había encontrado en su escritorio el informe de un detective privado sobre Alekos. No la había sorprendido; era lógico que su padre hubiese querido saber más sobre el hombre que la había echado a perder. Solo que era ella sola quien se había echado a perder, al comportarse como una idiota.

–Ah –Alekos asintió con la cabeza. Él tampoco pareció sorprenderse–. ¿Y qué es lo que quieres?

No era un recibimiento muy cálido; ni siquiera denotaba el más mínimo interés. Parecía que su padre le había dicho la verdad.

–Quería verte –dijo ella en un tono apagado–. Quería saber si... si...

–¿Si qué?

Iolanthe se quedó mirándolo desolada.

–Si hubo algo real entre nosotros la otra noche –murmuró.

Las palabras le dejaron un regusto amargo. Ahora sabía que no lo había habido. Y en lo referente a su hijo... aunque Alekos se mostrase dispuesto a hacer lo correcto y casarse con ella, no estaba segura de poder soportar un matrimonio así con un hombre que detestaba a su padre.

–¿Algo real? –repitió él con sarcasmo–. ¿Aún sigues confundiendo el sexo con amor? Ni siquiera sé cómo te has atrevido a presentarte aquí después de cómo me trató tu padre, echándome a sus matones encima como a perros de presa.

Iolanthe se quedó mirándolo con unos ojos como platos.

–Él... solo quería protegerme.

–¿Y encima lo defiendes? –Alekos la miró de arriba abajo, con incredulidad–. Sal de aquí, Iolanthe. No quiero volver a verte. Nunca más. A menos... –añadió con un brillo malicioso en los ojos– que hayas venido porque estás embarazada.

Iolanthe lo miró espantada, y atemorizada por la ira que se reflejaba en sus ojos y en la rigidez de su cuerpo.

–¿Y bien? –insistió él–. ¿Has venido porque llevas en tu vientre a un hijo mío? Porque, si no es así y has venido por cualquier otra razón, te aconsejo que te vayas. Inmediatamente.

Sus palabras sonaron a amenaza. ¿Quería como padre de su hijo a aquel hombre frío, intimidante y obsesionado con la venganza? Y, sin embargo, tenía derecho a saberlo.

–¿Qué harías si así fuera? –le preguntó.

–¿Asegurando tu jugada? –se mofó Alekos–. He visto en el periódico el anuncio de tu próxima boda con Callos –la agarró de la muñeca, y mirándola a los ojos le dijo–: No me mientas, Iolanthe. ¿Estás embarazada o no?

Sus dedos le apretaban como un cepo. ¿Qué había sido del hombre amable, divertido y encantador del que se había enamorado? Parecía que se había evaporado, como el espejismo que había sido desde el principio.

–No –mintió con un nudo en la garganta–. No lo estoy.

Alekos la soltó, y sus labios se torcieron en una mueca de desprecio.

–Bien. Pues entonces ya puedes irte.

Iolanthe contuvo las lágrimas. No iba a llorar, no delante de aquel desconocido frío y sin compasión, se dijo, y salió a toda prisa del apartamento.

Al llegar a la calle se detuvo e inspiró temblorosa. Una lágrima rodó por su mejilla, pero la enjugó irritada con el dorso de la mano. No, llorar no servía de nada. Tenía que ser fuerte. Irguió los hombros y echó a andar. No tenía elección. Estaba embarazada, no tenía amigos ni recursos y dependía de la caridad de su padre. No le quedaba otro remedio; tendría que casarse con Lukas.

Capítulo 4

Diez años después

–Lamento decirle que su situación es... difícil.

Iolanthe se irguió en su asiento. Estaba en el despacho de Antonis Metaxas, el abogado de su marido, a quien había ido a ver para hablar del estado de sus finanzas. Lukas, con quien había estado casada casi diez años, había muerto hacía dos semanas en un accidente de coche, dejándolos solos en el mundo a ella y a su hijo de nueve años, Niko. Su padre había muerto un par de años atrás, y ahora su empresa, Petra Innovation, le pertenecía y pasaría a Niko cuando fuera mayor de edad.

–¿Qué quiere decir? –le preguntó al abogado.

Cuando el señor Metaxas entrelazó los dedos y la miró con compasión, a Iolanthe se le erizó el vello de la nuca. Nunca se había implicado en los asuntos de la compañía porque no sabía nada del negocio; se había centrado en criar a su hijo, al que adoraba, y en tratar de ser feliz, o al menos conformarse con la vida que le había tocado vivir, casada con un hombre que no la amaba.

–Petra Innovation ha sufrido unos cuantos reveses en los últimos años –le explicó el señor Metaxas–, y me temo que eso la deja en una situación bastante precaria.

Iolanthe, que tenía las manos en el regazo, apretó los puños.

–¿Cómo de precaria? ¿La compañía es solvente?

–Solvente, sí –respondió el hombre vacilante, frunciendo el ceño–, pero me temo que su marido no era tan hábil para los negocios como su padre. Aunque no cabe duda de que en lo tocante a innovación tecnológica era un genio –se apresuró a añadir.

–Sí, lo sé –asintió ella. Lukas se había casado con ella por conveniencia, y siempre había antepuesto la informática, su pasión, a todo lo demás–. Entonces, ¿la situación de la compañía ha empeorado desde que tomó las riendas tras la muerte de mi padre?

–Hace seis meses puso a la venta acciones de Petra Innovation. Su padre siempre había sido reacio a dar ese paso porque quería tener el control total de la compañía.

Iolanthe sabía que, cuando se habían casado, su padre le había cedido a Lukas la mitad de las acciones.

–Pero, aunque hiciera eso... supongo que seguiría siendo el accionista mayoritario –apuntó.

El señor Metaxas suspiró y sacudió la cabeza.

–Me temo que no.

–¿Qué? –Iolanthe parpadeó con incredulidad. ¿Cómo podía haber sido tan estúpido?–. Entonces, ahora que yo he heredado la compañía... ¿qué porcentaje tengo?

–Aproximadamente un cuarenta por ciento.

Iolanthe inspiró profundamente, tratando de mantener la calma.

–Pero aun así debo de ser la accionista mayoritaria, ¿no? Me imagino que el otro sesenta por ciento estará en manos de muchos accionistas distintos.

–No –la contradijo con suavidad el señor Metaxas–. Está en manos de una única persona. Su marido no fue consciente porque la compra de acciones se hizo de un modo discreto, incluso taimado, a nombre de distintas entidades corporativas a lo largo de los últimos meses, pero detrás de todas estaba el mismo hombre.

Iolanthe apretó aún más los puños, clavándose las uñas en las palmas de las manos.

–¿Y quién es ese hombre?

–Otro genio de la informática: Alekos Demetriou.

Un gemido ahogado escapó de la garganta de Iolanthe. Alekos... Aquello era como una pesadilla.

–¿Y qué consecuencias tiene eso para mi hijo y para mí? –le preguntó aturdida.

–No lo sé –admitió el abogado–. Le he pedido que venga a verme para que me diga qué planes tiene para la compañía.

De modo que ahora el futuro de la empresa de su padre dependía de Alekos... A Iolanthe se le estaba revolviendo el estómago. Incapaz de seguir sentada, se levantó y se paseó por el despacho del abogado antes de detenerse junto a la ventana y quedarse mirando la calle, desolada.

–Señora Callos, comprendo que esto ha sido un shock para usted –dijo el abogado.

–Ni se lo imagina –respondió ella con una risa seca.

¿Qué pretendía Alekos? Su padre había creado Petra Innovation, y se suponía que su nieto la heredaría cuando llegara a la mayoría de edad.

–¿Cree que permitirá que las cosas se queden como están? –le preguntó al abogado, volviéndose hacia él.

Al formular la pregunta se dio cuenta de que aquella era una esperanza vana, ingenua. Sabía perfectamente lo obsesionado que Alekos había estado con vengarse de su padre, y parecía que los diez años que habían pasado no lo habían cambiado. ¿Por qué si no habría comprado todas esas acciones?

–No lo sé –reconoció el señor Metaxas–, pero el que haya hecho esta maniobra de un modo tan solapado me preocupa –el viejo abogado carraspeó y le preguntó–:

¿Había algún tipo de hostilidad entre su padre y el señor Demetriou?

Ella asintió.

–Parece que compitieron hace muchos años por un *software* que los dos estaban intentando desarrollar. Mi padre consiguió sacarlo antes al mercado y creo que eso a Alekos Demetriou le sentó bastante mal.

Tan mal, que había seducido a su hija solo para vengarse de él.

–¿Cree que podría haber comprado todas esas acciones a modo de revancha? –inquirió el señor Metaxas.

–Parece propio de él.

–O sea que lo conoce bien.

–Lo conozco por sus actos –lo corrigió Iolanthe–. Y sé lo que mi padre me contó de él. Es un hombre despreciable.

El señor Metaxas exhaló un pesado suspiro.

–Pues, si es así, las cosas no pintan demasiado bien. Pero espero que mañana me ponga al corriente de cuáles son sus planes.

Iolanthe se puso tensa.

–Entonces... ¿ha accedido a esa reunión?

–Así es.

–Con usted –murmuró Iolanthe.

El abogado frunció ligeramente el ceño, contrariado, y asintió con la cabeza. Parecía que el señor Metaxas pretendía, igual que su padre y Lukas, dejarla fuera de las decisiones concernientes al negocio. Pues no iba a permitirlo; no cuando la herencia de su hijo estaba en juego.

–Quiero estar presente en esa reunión.

Sus palabras sorprendieron al señor Metaxas.

–Bueno, si es lo que quiere... –dijo finalmente–. Yo solo... Bueno, su marido siempre me decía que no quería que la molestara con estas cosas.

Iolanthe apretó los labios.

–Y mire cómo hemos acabado –apuntó irritada.

La idea de volver a encontrarse cara a cara con Alekos la aterraba, pero iba a hacerlo. Quería saber cuáles eran sus intenciones.

–Ya puede pasar. El señor Metaxas y la señora Callos están esperándolo. Sígame, por favor.

Alekos torció el gesto con desagrado mientras seguía a la secretaria hasta el que había sido el despacho de su enemigo. Aunque lo hubiesen hecho aguardar en la sala de espera, a efectos prácticos Petra Innovation le pertenecía.

Cuando la secretaria le abrió la puerta, Alekos se detuvo abruptamente en el umbral al ver a Iolanthe de pie junto a la ventana, con el sol arrancando reflejos de su cabello negro, que llevaba recogido en un elegante moño bajo. Aquella hermosa visión lo dejó, para su sorpresa e irritación, sin aliento. Los recuerdos lo asaltaron, un caleidoscopio de imágenes y sensaciones que hacía mucho se había propuesto firmemente olvidar. Una máscara con plumas, la curva de una mejilla suave y sonrosada, unos labios carnosos dejando escapar un suspiro de placer...

Apartó la vista de Iolanthe y saludó con un movimiento de cabeza a su abogado, Antonis Metaxas.

–Buenos días.

–Buenos días, señor Demetriou. Gracias por venir.

Se hizo un silencio tenso, y Alekos volvió a mirar a Iolanthe. Aunque estaba pálida, había en ella una compostura que no había visto años atrás. Había cumplido ya los treinta años y acababa de enviudar. Se fijó en el traje gris claro que llevaba; un color apropiado para el luto. La chaqueta era entallada, y la falda de tubo resaltaba su esbelta figura.

–Mis condolencias –le dijo.

No había motivo para no observar las normas básicas de cortesía.

Iolanthe aceptó sus condolencias con un regio asentimiento de cabeza, pero no dijo nada. Su rostro parecía el de una estatua de mármol, y sus ojos grises tampoco dejaban entrever emoción alguna.

–He informado a la señora Callos de que se ha convertido usted en el accionista mayoritario de Petra Innovation –dijo el señor Metaxas–. Querría saber cuáles son sus intenciones con respecto a la compañía.

Alekos lo miró con los ojos entornados.

–¿Y no puede hablar la señora Callos por sí misma?

Volvió a girar la cabeza hacia Iolanthe, y lo satisfizo ver sus ojos relampaguear de ira. Había dejado de ser una estatua.

–Sí, la señora Callos puede hablar por sí misma –respondió con aspereza.

El sonido de su voz fue otra sorpresa para él. Ya no sonaba ingenua e insegura, sino que tenía el timbre de una mujer adulta que tenía el control sobre su vida... aunque no sobre la compañía de su familia.

–Estupendo. ¿Y qué es lo que quiere saber la señora Callos?

–Lo que ha dicho mi abogado –contestó ella con desprecio.

El saber que lo detestaba hizo que se reavivaran sus deseos de venganza.

–Ya. Cuáles son mis intenciones.

–Eso, y el porqué de tanto secretismo –añadió ella, mirándolo fijamente.

Alekos esbozó una sonrisa sarcástica y mirando al abogado respondió con retintín:

–Si la señora Callos hubiese rascado un poco, se habría dado cuenta de que no hubo ningún secretismo por mi parte. Lo que pasa es que su marido, en los negocios, era bastante descuidado.

De los labios de Iolanthe escapó un gemido de indignación.

–¿Cómo te atreves?

–¿Que cómo me atrevo? –repitió Alekos, enarcando una ceja con incredulidad. Podía pasar por alto esos aires de viuda digna que se daba, pero aquello ya era demasiado–. Es un hecho: tu marido estaba desesperado por vender esas acciones.

–Al menos él era un hombre honorable –le espetó Iolanthe–, algo que tú no has sido jamás.

–Señora Callos, ¿qué...? –intervino el abogado, claramente contrariado por el inaudito cruce de reproches entre ellos.

–La señora Callos y yo ya nos conocemos... como probablemente habrá deducido –le explicó Alekos con sorna.

El señor Metaxas lanzó a Iolanthe una mirada interrogante, pero ella no dijo nada.

–Bueno, naturalmente la señora Callos está preocupada por la razón que pueda haber tras su interés por la compañía... –comenzó a decirle a Alekos.

–No he incurrido en ninguna ilegalidad –lo cortó Alekos–, y me temo que no puedo decir lo mismo de los difuntos Talos Petrakis y Lukas Callos.

El abogado se puso tenso por ese agravio a su cliente.

–¿Está usted insinuando algo?

–No insinúo nada; solo he expuesto un hecho.

Alekos volvió a girar la cabeza hacia Iolanthe. Estaba furiosa; tenía los labios apretados y si hubiera podido lo habría fulminado con la mirada.

–De modo que, después de iniciar esa sucia maniobra para quedarte con la compañía de mi padre... ¿ahora también pretendes manchar su nombre y el de mi marido? –Iolanthe sacudió la cabeza, mirándolo con desdén–. Ya solo falta que me insultes a mí.

–Perdona, pero eres tú quien me ha insultado.

–Me parece que esto se nos está yendo de las manos –intervino el señor Metaxas–. ¿Podríamos, por favor, centrarnos en los planes que el señor Demetriou tiene para la compañía?

–Por supuesto –murmuró Iolanthe.

El enfado había coloreado sus pálidas mejillas, y estaba más bonita aún, si es que eso era posible. Allí de pie, con la cabeza alta y la espalda recta, negándose a dejarse intimidar, le recordaba a la llama de una vela. Alekos sintió una mezcla de lástima y admiración que lo desconcertó. Sin embargo, su coraje no le impediría asestar el golpe letal que durante tanto tiempo llevaba preparando. Era una pena que Talos Petrakis no viviese para verlo y sentirlo en sus carnes. Había llegado el momento de saborear su venganza.

–Mi intención es cerrar la compañía y liquidar todos sus activos –dijo. Iolanthe se quedó mirándolo boquiabierta de espanto, con los brazos caídos–. Tu cuarenta por ciento debería permitirte vivir acomodadamente, aunque me temo que Petra Innovation ya no es tan rentable como lo era hace años.

Cuando habían estado lucrándose gracias al *software* que él había diseñado. Como informático Callos nunca había estado a su altura; lo único que había hecho había sido copiarle, siguiendo las órdenes de Petrakis. El pensar que durante los últimos diez años Iolanthe había estado compartiendo su cama, a cambio seguramente de que él le diera todos los caprichos, lo enfurecía.

–No puedes hacer eso –murmuró Iolanthe.

–Ya lo creo que puedo –le aseguró él con frialdad–. De hecho, ya he puesto en marcha el proceso.

–¿Vas a despedir a todos los empleados y...?

–¿Te preocupa esa gente a la que ni conoces, o es tu posición lo que te preocupa?

El señor Metaxas carraspeó.

–Creo que deberíamos tomarnos un descanso para... –comenzó a decir.

Pero Iolanthe lo cortó, dando un paso hacia Alekos con los puños apretados.

–No puedes hacer eso; Petra Innovation me pertenece.

Alekos se quedó mirándola, inmisericorde.

–Ya no.

–Pero mi vida, la vida de mi hijo...

Alekos había oído que había tenido un hijo con Callos, pero ¿qué le importaba el hijo de su enemigo?

–Confío en que sabréis adaptaros a vuestras nuevas circunstancias.

Iolanthe contrajo el rostro y retrocedió.

–Cuando te conocí creí que eras un buen hombre, pero una y otra vez me has demostrado lo contrario.

–Tal vez deberías preguntarte quién es aquí el bueno y quién es el malo –le espetó él.

Y, antes de decir algo más de lo que pudiera arrepentirse, se despidió del abogado y de ella con un breve asentimiento de cabeza y se marchó.

Capítulo 5

–¿CÓMO ha ido? –le preguntó Amara a Iolanthe cuando le abrió la puerta.

La buena mujer, ya entrada en años, había trabajado en casa de su padre como empleada del hogar desde que ella era una niña, y había sido como una segunda madre para ella. Cuando se había casado con Lukas, se había ido con ellos a la casa que él había comprado en el barrio de Plaka, en Atenas.

–Terriblemente mal –respondió Iolanthe mientras Amara tomaba su abrigo.

–Deja que te prepare un té; tienes mala cara.

El té de montaña, una infusión hecha con una planta que crecía en la zona central de Grecia, de donde provenía Amara, era según ella la panacea para todos los males.

–Gracias, Amara –le dijo Iolanthe, siguiéndola a la cocina–, pero me temo que una taza de té no resolverá mis problemas. ¿Dónde está Niko?

–Arriba, con su ordenador.

Como de costumbre. Su hijo pasaba la mayor parte del tiempo leyendo, jugando a la consola o sentado frente a su ordenador. A pesar de sus desesperados intentos por hacerlo salir de casa y socializar un poco, para Niko el trato con la gente seguía siendo una lucha.

Se dejó caer en una silla de la cocina y se apretó la dolorida sien con dedos temblorosos.

–¿Qué ha pasado? –le preguntó Amara mientras ponía el agua a hervir.

–Un hombre llamado Alekos Demetriou se ha convertido en el accionista mayoritario de Petra Innovation –le explicó.

Nadie, a excepción de su padre y de Lukas, sabía que Alekos era el padre de Niko. Habían acordado mantenerlo en secreto, y Lukas había aceptado criarlo y darle su apellido como si fuera hijo suyo.

–Yo solo tengo el cuarenta por ciento de las acciones, así que a efectos legales ahora la empresa es suya –añadió.

Amara, que estaba sacando del aparador una taza y el tarro de la miel, se giró hacia ella con el ceño fruncido.

–¿Y qué pretende hacer con ella? –inquirió.

Iolanthe le explicó brevemente cuál era la situación mientras Amara acababa de preparar el té, escuchándola en silencio.

–Bueno, pero... –dijo la mujer, poniendo ante Iolanthe la taza de té y sentándose también–, no es tan grave, ¿no? Con ese cuarenta por ciento, Niko y tú deberíais poder arreglároslas bien.

–Petra Innovation es la herencia de Niko por derecho propio –replicó Iolanthe con vehemencia–. Mi padre creó esa compañía y vivió por y para ella –tomó un sorbo de té–. Siempre le decía a Niko que sería suya cuando creciese; para él es importante.

El enfado de su padre con ella se había ido suavizando en los últimos años de su vida, y algunas veces se había llevado a Niko al trabajo con él para enseñarle los entresijos de Petra Innovation, la que iba a ser su herencia. Como Lukas siempre había ignorado al pequeño, Iolanthe sospechaba que el motivo por el que Niko siempre había mostrado tanto interés por la empresa familiar era que quería impresionar al que creía que era su padre. Y ahora que Lukas había muerto, Petra Innovation era lo único que le quedaba a su hijo.

–No puedo renunciar a la compañía sin luchar. Tengo que intentarlo por Niko. Ya sabes lo mucho que significa para él –le dijo a Amara.

La mujer suspiró.

–Lo sé, pero no es más que un chiquillo; solo tiene nueve años.

–Sí, pero su obsesión siempre ha sido entrar a formar parte de la compañía –replicó Iolanthe–. Quería que Lukas y su abuelo estuviesen orgullosos de él.

–¿Y qué vas a hacer?

–Hablar de nuevo con Alekos Demetriou.

Le diría que Niko era su hijo. Tal vez consiguiera arrancarle un poco de compasión; hacerle desistir, por el bien de su hijo, de cerrar la compañía.

Iolanthe subió al piso de arriba y se detuvo en el umbral de la puerta abierta del dormitorio de Niko, observándolo con el corazón en un puño. Estaba sentado a su mesa, y sus ojos estaban fijos en la pantalla del ordenador, donde había abierta una ventana con código de programación. Estaba completamente absorto en lo que estaba haciendo, ajeno a todo, incluso a su presencia.

–Niko –lo llamó con suavidad–. ¿Qué estás haciendo, cariño?

Niko se tensó al oír su voz, y se giró lentamente.

–Una aplicación para móvil.

–¿Otra más?

El pequeño asintió con expresión seria y algo recelosa.

–¿Y para qué sirve esta? –le preguntó ella acercándose.

Se sentó en el borde de la mesa, pero dejando una distancia prudencial entre ellos. Niko no dejaba que nadie se acercase a su ordenador.

Por toda respuesta, el niño se encogió de hombros y apartó la vista, como tantas veces solía hacer. Iolanthe quería muchísimo a su hijo, y siempre lo protegía porque sabía que era distinto, pero a veces se preguntaba si Niko la quería a ella, si era capaz siquiera de comprender lo que era querer a alguien. Se sentía culpable y mezquina por esos pensamientos, pero le preocupaba, y la angustiaba qué sería de él si ella faltara algún día.

–¿Para qué sirve, Niko? –le insistió con suavidad.

Él volvió a encogerse de hombros y, sin mirarla, respondió:

–Es solo una aplicación para conseguir más puntos de poder zombi.

Durante el último año, Niko había empezado a programar aplicaciones de algunos juegos de móvil que le gustaban. Lo había animado a enseñárselos a Lukas, pero este no le había prestado la más mínima atención, y su rechazo había hecho que el niño se encerrase aún más en sí mismo.

–¿Y qué son esos puntos? –le preguntó.

–Son puntos de bonus. Están escondidos en cada fase del juego. Mi aplicación tiene un radar que te ayuda a encontrarlos.

–Vaya, eso es genial –dijo Iolanthe, arriesgándose a alargar una mano para acariciarle el pelo.

Niko se apartó, y ella dejó caer la mano.

–Vienes de ver al abogado, ¿no? –dijo Niko al cabo de un rato, aún sin mirarla.

–Sí.

Se lo había dicho el día anterior, cuando había subido a darle las buenas noches. Niko alzó hacia ella sus ojos, tan parecidos a los de Alekos, y le preguntó:

–¿Y qué te ha dicho? ¿Va todo bien?

–Pues claro; todo va bien –le aseguró ella.

¿Qué otra cosa habría podido decirle? Aunque en algunos aspectos se comportaba como un adulto, solo tenía nueve años. Cerró los ojos un momento, llena de frustración. No se explicaba cómo podía haber dejado Lukas que la empresa acabara en esa situación, y se sentía culpable por no haberse interesado antes por el estado de la compañía.

–¿Mamá? –la llamó Niko–. ¿Seguro que todo va bien?

–Sí, cariño –le dijo, inspirando profundamente y esbozando una sonrisa. Encontraría la manera de no perder Petra Innovation; tenía que hacerlo por su hijo–. Todo va bien.

Le dio un par de palmaditas en la mano, y la sonrisa tímida y vacilante del niño le pareció un pequeño triunfo. Le devolvió la sonrisa, se levantó y lo dejó para que continuara trabajando en su aplicación.

Cuando entró en el despacho de Alekos, aunque Iolanthe se había propuesto mantener la calma y mostrarse segura de sí misma, nada más verlo de pie junto a su escritorio, tan apuesto e intimidante, los nervios le atenazaron el estómago.

–¿A qué has venido, Iolanthe?

–Quería hablar contigo.

Al menos no le temblaba la voz.

–Creía que no teníamos nada más de que hablar.

–¿Por qué quieres cerrar Petra Innovation?

Su pregunta había sonado desesperada, pero, aunque habría querido hablar con él de igual a igual, como si lo tuviese todo bajo control, los dos sabían que no era así, de modo que... ¿por qué molestarse en fingir?

–Porque no tiene ninguna utilidad para mí –respondió Alekos con indiferencia.

–Entonces, ¿para qué has comprado todas esas acciones? –le espetó ella–. ¿Por qué comprarla solo para cerrarla y vender sus activos?

–Para sacarle un beneficio.

A Iolanthe se le revolvió el estómago.

–O sea que realmente solo se trata de venganza –murmuró.

–Tú misma te has respondido –dijo él ladeando la cabeza y recorriéndola de arriba abajo con la mirada.

–Sé que odiabas a mi padre porque tuvo una idea que a ti no se te ocurrió –le recriminó ella, demasiado enfadada como para medir sus palabras–. Porque no fuiste tan rápido ni tan listo como él. Eso no es venganza; ¡no es más que envidia!

La mirada de Alekos se tornó peligrosa, como la de un depredador a punto de saltar sobre su presa y devorarla.

–De modo que eso te contó tu padre –dijo en un tono extraño–: que no fui tan rápido ni tan listo como él –fue hasta la ventana con las manos entrelazadas a la espalda, y se quedó mirando el cielo azul–. Y que tuvo una idea que a mí no se me ocurrió.

Iolanthe lo miró vacilante. Había repetido sus palabras como una afirmación, pero habían sonado a pregunta.

–Algo así –murmuró–. No me dio más detalles. Solo me dijo algo de un *software* que había desarrollado su compañía y que se te adelantaron, sacándolo al mercado antes que tú.

Alekos se volvió hacia ella con una sonrisa desagradable en los labios.

–Pues, si eso es lo que piensas de mí, debes de tenerme por un hombrecillo bastante patético y ruin.

–¿Estás diciendo que me mintió? –le espetó ella–. Era mi padre...

–Por supuesto. Mientras que yo solo soy el hombre al que le entregaste tu virginidad –respondió él, con una sonrisa cínica.

Iolanthe apretó los labios.

–Te aseguro que no hay nada de lo que me arrepienta tanto como de aquello.

–Lo mismo digo.

–Estupendo.

La ira había tornado agitada la respiración de Iolanthe, y su pecho subía y bajaba mientras miraba con odio a Alekos. Maldijo para sus adentros. Se suponía que había ido allí para convencerlo de que no cerrara la compañía....

–Estupendo –la remedó él, aún con esa sonrisa cínica en los labios–. Pues en ese caso supongo que no tenemos nada más que decirnos.

–Te equivocas –replicó ella, llena de frustración–. No puedes hacerlo, Alekos...

–Eso ya lo hemos discutido, y te aseguro que sí puedo.

–¿Por qué? –exclamó Iolanthe con la voz quebrada por las lágrimas que estaba esforzándose por contener–. ¿Por qué quieres destruir la compañía de mi padre por algo que ocurrió hace años? ¿Por qué sigues furioso con él ahora que ha muerto?

Él la escrutó en silencio, y, cuando por fin habló, su rostro y su voz estaban desprovistos de emoción.

–¿Y tú? ¿Por qué ese empeño en que no cierre la compañía? No es como si fueras a quedarte en la calle. Te quedará una buena suma cuando se haya liquidado todo.

–No es dinero lo que quiero –le espetó Iolanthe–. Quiero que la compañía de mi padre pase a mi hijo. Es suya por derecho propio, Alekos.

–Pues que tu marido la hubiese cuidado mejor.

–Eres un canalla –lo increpó Iolanthe.

Pero, a pesar de que lo detestaba, no podía rendirse; tenía que hablarle de Niko. No podría soportar que lo rechazase, y la aterraba aún más que, al saber que tenía un hijo, quisiera tener voz y voto sobre lo que más le convenía, pero tenía que decírselo.

–De verdad que no entiendo por qué te importa tanto –continuó Alekos–. Viniendo de tu padre lo entendería, pero tú no levantaste ese negocio; solo financiaba tu estilo de vida.

Iolanthe dio un paso atrás, dolida.

–¿Mi estilo de vida? –repitió–. ¿Qué sabrás tú de cómo vivo?

Alekos se encogió de hombros.

–Una casa en el centro de la ciudad, una isla privada...

Iolanthe soltó una risa vacía.

–Las propiedades de mi marido no definen mi estilo de vida.

–Lo único que digo es que, aunque cierre la compañía, tu estilo de vida no cambiará –apuntó él cruzándose de brazos–; o, al menos, no demasiado.

Ella se quedó mirándolo con incredulidad. No tenía ni idea de lo sencilla que era la vida que llevaba. Era evidente que creía que era una heredera mimada que cada semana acudía a fiestas de la alta sociedad.

A cada minuto que pasaba lo detestaba más, pero tenía que hablarle de Niko. Petra Innovation lo era todo para su hijo.

–Así que, si me disculpas –continuó Alekos–, como te decía creo que ya no tenemos nada más de que hablar.

Iolanthe inspiró profundamente.

–En realidad, sí hay algo de lo que tenemos que hablar –le dijo. Inspiró de nuevo. Se sentía como si estuviera a punto de saltar desde un acantilado–. Lukas no era el padre de mi hijo. El padre de Niko eres tú.

Capítulo 6

ALEKOS se quedó mirando aturdido a Iolanthe mientras sus palabras se repetían en su mente como un eco.

–Debes de estar realmente desesperada –mascullo frunciendo el ceño.

–No me crees.

–¿Por qué habría de hacerlo?

–¿Por qué iba a mentirte? Es bien fácil averiguar si es verdad o no.

La calma de Iolanthe lo puso tan nervioso como lo había dejado su repentina revelación.

–Te refieres a una prueba de paternidad.

Ella le sostuvo la mirada y asintió.

Durante unos segundos, Alekos se quedó sin habla.

–¿Cómo has podido ocultarme algo así? –la increpó, con voz trémula por la mezcla de emociones encontradas que se revolvían en su interior.

No sabía cómo debería sentirse. ¿Furioso con Iolanthe por habérselo ocultado durante casi diez años? ¿Emocionado por saber que tenía un hijo? Seguía sin creérselo.

–Intenté decírtelo aquella noche hace años –le respondió ella. Le temblaba la voz, pero no apartó la mirada–, cuando fui a tu apartamento.

–¿Que lo intentaste? ¡No dijiste nada de eso!

Resopló irritado, recordando la breve y tensa conversación que habían mantenido. Él estaba furioso por cómo lo había tratado el padre de Iolanthe, y sospechaba que ella lo había utilizado para rebelarse contra él. Y ella... Frunció el ceño, contrariado. Ella parecía asustada, recordó de pronto. Estaba temblorosa, pálida. Y él le había dicho que se marchase, que no quería volver a verla ni saber nada más de ella.

–Te pregunté específicamente si estabas embarazada.

–Sí, y a continuación me dijiste que si no lo estaba que me fuera de inmediato –le recordó ella–. No te mostraste precisamente amistoso.

–No éramos amigos –replicó él con frialdad–, pero esperaba una respuesta sincera a mi pregunta.

–¿Y por qué tendría que haberte dicho la verdad? –le espetó ella–. Era evidente que me despreciabas –sacudió la cabeza e inspiró profundamente–. Pero ahora no quiero hablar de eso. Lo que quiero saber es si sigues pensando cerrar la compañía ahora que sabes que eres el padre de mi hijo.

–Veo que no tienes el menor reparo en mostrar abiertamente tus intenciones –observó Alekos–. El único motivo por el que estás diciéndome que es hijo mío es porque no quieres que cierre la compañía de tu padre, por lo que quieres de mí.

–Sí –contestó ella sin el menor sonrojo–. Quiero que Niko pueda tener lo que es suyo. ¿Te hace falta una prueba de paternidad? –le preguntó en un tono cansado, como si ya no tuviese ganas de pelear.

–Sí, quiero una prueba de paternidad –respondió él.

De nuevo le chocó lo calmada que se mostró Iolanthe ante su respuesta. Eso solo podía significar una cosa: que no estaba mintiéndole. Tenía un hijo...

–¿Y qué harás cuando recibas los resultados? –le preguntó–. ¿Desistirás en tu empeño de cerrar la compañía?

–No tomaré ninguna decisión hasta saber con seguridad si ese niño es mío.

–Como quieras. Solo debería llevar unos días. Pero, entretanto, prométeme que pararás los trámites que hayas iniciado para cerrar Petra Innovation.

Alekos abrió la boca para espetarle que no tenía por qué hacerle ninguna promesa, pero se contuvo.

–Está bien –accedió de mala gana.

Iolanthe asintió con la cabeza.

–¿Quieres encargarte tú de lo de la prueba, o lo hago yo?

–Lo haré yo.

–Gracias.

Cuando Iolanthe estaba saliendo de su despacho, por un momento lo asaltó un extraño impulso de llamarla, de pedirle que no se fuera, de decirle... ¿de decirle qué? No tenía ni idea. No había nada que los uniera. Nada... a excepción quizá de un hijo, por irreal que aún le pareciera.

–Lo siento, Iolanthe –dijo el abogado al otro lado de la línea.

Ella cerró los ojos y se presionó con los dedos el puente de la nariz. Estaba agotada; parecía que no dejaban de llegar malas noticias.

–No pasa nada, Antonis –dijo abriendo los ojos–. No es culpa tuya.

En algún punto de la semana anterior, a medida que iba saliendo a la luz el terrible estado de las cuentas de Lukas, el abogado y ella habían acabado dejándose de formalidades y tuteándose.

–Lukas nunca me dijo...

–No pasa nada, de verdad.

Se despidieron y ella colgó el teléfono, hundida en

el más absoluto desánimo. Lukas no solo había hecho que la situación de la compañía fuera cuesta abajo. Había dejado prácticamente seca la cuenta de los fondos que su padre le había dejado al morir, había hipotecado y rehipotecado su casa, y el banco se había quedado con su isla privada. Lo único que le quedaba era el cuarenta por ciento de las acciones de Petra Innovation, pero no quería venderlas.

Suspiró temblorosa y se levantó para ir hasta la ventana del estudio, que había dejado abierta para que entrase el aire fresco de la noche. Solo estaban a principios de verano, pero había hecho un día de mucho calor.

No había recibido noticias de Alekos. ¿Por qué no se había puesto aún en contacto con ella? Ya debía de saber que Niko era hijo suyo. Hacía cuatro días que había mandado a un médico para que recogiera una muestra bucal del pequeño. Su hijo le había preguntado para qué era aquello, y había tenido que inventarse que era una prueba para descartar una infección por un virus que andaba por ahí.

Quizá no debería haberle dicho a Alekos lo de Niko, pensó apartándose de la ventana. Se sentía como si hubiese abierto la caja de Pandora. ¿Desoiría Alekos su petición de no cerrar la compañía y se desentendería de su hijo, o querría involucrarse en su vida? No sabía qué la inquietaba más.

Llamaron a la puerta y entró Amara.

–Ha venido un hombre que quiere hablar contigo –le dijo con expresión preocupada–. Dice que su nombre es Alekos Demetriou. Lo he dejado esperando en el salón.

A Iolanthe le dio un vuelco el corazón y las manos se le pusieron frías y sudosas.

–¿Es el hombre que quiere cerrar la compañía de tu padre? –le preguntó Amara.

–Sí, aunque espero haberle hecho cambiar de opinión.

Amara la miró vacilante.

–¿Preparo té?

–No, mejor no –respondió ella. No quería tratar con demasiada cortesía a Alekos hasta saber cuáles eran sus intenciones–. Gracias, Amara.

La mujer se retiró, y Iolanthe bajó la vista a su ropa, lamentando no ir ataviada de un modo más formal que aumentara su confianza en sí misma. Como se había pasado todo el día en casa, llevaba unos vaqueros y una camiseta. Ni siquiera se había maquillado.

Bajó las escaleras y antes de entrar en el salón se detuvo un momento e inspiró profundamente intentando aplacar sus nervios. No se esperaba lo que se encontró. Alekos no iba vestido con un caro traje a medida, sino que lucía, como ella, unos vaqueros gastados y una camiseta. Además tenía el cabello despeinado, y estaba ojeroso y con barba de un día.

Iolanthe cerró suavemente la puerta tras de sí.

–Me imagino que has venido porque ya has recibido los resultados de la prueba –le dijo.

Alekos asintió y se pasó una mano por el cabello, despeinándolo más aún.

–¿Por qué no me lo dijiste, Iolanthe? –le preguntó con voz ronca.

Ella, que todavía estaba desconcertada por su aspecto, parpadeó.

–Ya te lo expliqué el otro día.

–Pero un niño... un hijo... –a Alekos se le quebró la voz–. ¿Cómo has podido ocultarme algo así todo este tiempo?

Al oír la emoción de su voz, Iolanthe sintió una punzada de culpabilidad. En esos diez años había tratado de no pensar en todo aquello de lo que lo estaba privando al ocultárselo.

–Tenía miedo –murmuró–. Además, era muy joven y...

–Ninguna de esas dos razones te excusa –la cortó él con dureza–. La noche que lo hicimos te dije que si estabas embarazada quería saberlo.

–Sí, y también me diste a entender que no tenías ningún interés en mí. Sé justo, Alekos.

–¿Tú vas a hablarme de justicia? –le espetó él enfadado.

Iolanthe inspiró profundamente.

–¿Qué tal si nos centramos en el presente? ¿A qué has venido?

–A conocer a mi hijo.

Iolanthe se quedó paralizada al oírle decir eso. Pero ¿qué había esperado que pasara si no? ¿Que Alekos le dijera que no iba a cerrar Petra Innovation y que no mostrase ningún interés por su hijo? Al contarle que Niko era hijo suyo había sabido a lo que se arriesgaba.

–No puedes negarme eso –dijo Alekos en un tono amenazante.

Iolanthe, que se sentía como si las rodillas le fueran a ceder en cualquier momento, se dejó caer en uno de los sofás.

–No, no puedo negártelo –admitió–. Sabía que, al decirte la verdad, querrías poder ver a Niko.

–¿Verlo? –repitió Alekos con una risa áspera–. ¿Crees que lo único que quiero es ver a mi hijo? –dio un paso hacia ella con los puños apretados y la miró de un modo acusador–. Si piensas que voy a conformarme con visitas ocasionales, es que eres más ingenua que hace diez años.

–Bueno, por supuesto podemos discutirlo y llegar a un acuerdo –balbució Iolanthe–. Mi abogado...

–No metas en esto a tu condenado abogado.

Iolanthe parpadeó, aturdida por su brusquedad, pero luego se irguió para hacerle frente. Ya no tenía veinte años y no era una chiquilla asustada.

–Esto no es como comprar acciones para destruir una empresa, Alekos. No voy a dejarme amedrentar por tus tácticas de tiburón de los negocios. Pactaremos unas condiciones y...

–Has perdido el derecho a pactar unas condiciones ocultándome la verdad durante estos diez años –la cortó él. Sus palabras fueron como un latigazo–. Yo no negocio, Iolanthe. No lo hago en los negocios, y en esto tampoco voy a negociar.

A Iolanthe se le revolvió el estómago de tal modo que por un momento creyó que iba a vomitar. Se llevó una mano al estómago e inspiró varias veces, haciendo un esfuerzo por calmarse.

–Pero tenemos que llegar a un entendimiento –insistió–. A Niko no le hará ningún bien que nos peleemos por cada...

–No vamos a pelearnos por nada.

Ella lo miró con incredulidad.

–No hemos hecho otra cosa desde que volvimos a encontrarnos –le recordó. Sacudió la cabeza, cansada y llena de frustración–. Ni siquiera sé por qué me odias tanto.

Alekos no contestó y, cuando alzó la vista hacia él, a Iolanthe le sorprendió ver una emoción distinta a la ira en su rostro. Casi parecía que sintiese... lástima.

–Yo no te odio –le dijo con voz ronca.

–Pero, como tú has dicho, tampoco somos amigos –respondió ella con un suspiro–. Aun así, por el bien de Niko, creo que deberíamos intentar hacer esto en los términos más amistosos posibles.

–Y así lo haremos –le prometió Alekos, pero sus

palabras no la calmaron, sino que la hicieron desconfiar.

–Gracias –murmuró ella, aunque ya estaba esperando el siguiente golpe.

Alekos se metió las manos en los bolsillos y la escrutó en silencio con los ojos entornados.

–No sé si lo has pensado –dijo finalmente–, pero Niko no es solo el heredero de Petra Innovation, sino también de mi compañía, Demetriou Tech.

Ella lo miró con unos ojos como platos.

–¿Estarías dispuesto a convertirlo en tu heredero?

–No tengo otro.

–Pero podrías casarte –replicó ella–, tener otros hijos.

–Me casaré –afirmó Alekos–. Y puede que tenga otros hijos, pero Niko es mi primogénito, y como tal será quien me suceda al frente de la compañía.

Alekos tenía solo treinta y seis años, era guapo y tenía un montón de dinero; parecía imposible que un hombre como él no se casase antes o después, pensó Iolanthe. Quizá incluso tenía ya a alguna mujer en la recámara, ansiosa por convertirse en la señora Demetriou. ¿Y qué más le daba nada de eso a ella?, se reprendió, irritada por la punzada de celos que sintió.

–¿Y qué opinará de eso tu futura esposa? Puede que ella quiera que sea vuestro primer hijo quien...

–Mi futura esposa –la interrumpió Alekos en un tono cortante– querrá que Niko sea mi heredero... porque esa mujer serás tú.

Capítulo 7

POR un momento, Iolanthe creyó que Alekos estaba tomándole el pelo, pero no tenía cara de bromear.

–No lo dirás en serio –murmuró.

–Muy en serio.

–¿Casarnos? Pero si ni siquiera te gusto...

–Dejaremos nuestras diferencias a un lado por el bien de nuestro hijo.

–¿Por decreto tuyo? –replicó Iolanthe–. ¿Es que mi opinión no cuenta?

–Doy por hecho que quieres lo mejor para Niko.

–Eso es chantaje emocional –lo increpó ella. La enfermaba la idea de otro matrimonio sin amor–. Por supuesto que quiero lo mejor para mi hijo, pero dudo que casarnos sea lo mejor para él.

–Pues yo sí lo creo.

Iolanthe se levantó del sofá y se alejó unos pasos de Alekos mientras intentaba desesperadamente ordenar sus pensamientos.

–Acabo de enterrar a mi marido, ¿sabes?

–Lo haremos con el decoro que exige el luto. Con un compromiso de tres meses bastará.

–¿Tres meses? –Iolanthe dejó escapar una risa seca–. No me parece demasiado decoroso, teniendo en cuenta que estuve casada diez años con él.

–Pues yo no esperaré ni un día más.

Iolanthe sacudió la cabeza con incredulidad.

–No puedes soltarme eso de repente y esperar que me pliegue a tus planes de inmediato sin darme siquiera tiempo para pensarlo –replicó dándole la espalda.

Y, sin embargo, un sentimiento de culpabilidad estaba apoderándose de ella, susurrándole que debería estar dispuesta a hacer cualquier cosa por su hijo. «Es lo que haría una buena madre...».

–No creo que haya nada que pensar –contestó Alekos–. A mí me parece que es la solución más obvia.

Iolanthe se giró hacia él, harta de su inflexibilidad.

–A lo mejor es que con esa proposición tan romántica que acabas de hacerme, no le entran a una ganas de casarse –le espetó con sorna.

–No pretendía ser romántico.

Iolanthe soltó otra risa seca.

–¿No me digas? No me había dado cuenta.

Alekos ladeó la cabeza y se quedó mirándola.

–¿Es eso lo que quieres? ¿Romanticismo? ¿Amor?

Iolanthe suspiró. Hacía mucho, mucho tiempo que no pensaba en esas cosas.

–No, la verdad es que no.

Diez años de fría soledad habían hecho que perdiera la esperanza de encontrar algún día el amor.

–¿Querías a Callos?

Había hecho esa pregunta a la ligera, como si no le importara. Iolanthe apartó la vista. No quería hablar de eso.

–¿Y bien? –insistió él.

–No.

Al principio había intentado llevarse bien con él, pero a los pocos días se había dado cuenta de que Lukas no tenía ningún interés en ella. Solo se había casado con ella para asegurar su futuro en la compañía de su padre; nada más.

–¿Sabía que no era el padre de Niko?

Iolanthe asintió.

–Y se casó conmigo a sabiendas de que estaba embarazada de otro hombre.

Solo por eso en un principio lo había respetado, pero él había hecho muy poco en sus diez años de matrimonio por mantener ese respeto o ganarse su afecto.

–O sea que te casaste para darle un padre a Niko.

Las palabras de Alekos sonaron amargas, como a acusación.

–Por eso y porque era lo que mi padre quería –respondió ella. Prácticamente se lo había ordenado–. No tenía demasiadas opciones después de lo que había hecho.

–¿No llegaste a intentar nunca vivir de tu arte?

Iolanthe parpadeó, totalmente desprevenida por aquel repentino giro de la conversación.

–¿Mi arte?

–La noche del baile me dijiste que te gustaba pintar, y que querías hacer algo importante con tu vida.

Ella dejó escapar una risa nerviosa.

–Me sorprende que recuerdes eso. Debí de parecerte una tonta.

–Me pareciste una chica con sueños y esperanzas –respondió él.

Iolanthe no sabía qué pensar de sus comentarios.

–Supongo que lo era. Pero ya hace tiempo que me he caído del guindo.

Alekos se quedó mirándola un buen rato. Iolanthe pensó que iba a seguir con aquel interrogatorio sobre su vida y su matrimonio, pero en vez de eso le preguntó con voz queda:

–¿Puedo verle?

–¿A Niko?

Alekos asintió. No era una exigencia, sino un ruego sincero, y a Iolanthe le llegó al corazón.

–Es que... ahora está durmiendo.

–Solo quiero verle –insistió Alekos–. No lo despertaré.

Iolanthe tragó saliva y asintió. No podía decirle que no.

–Está bien. Ven, te llevaré a su habitación.

Con Alekos detrás de ella, abrió sin hacer ruido la puerta del salón y subieron a la planta superior. Amara ya se había ido a la cama, y todas las luces estaban apagadas, salvo una pequeña lámpara al fondo del pasillo.

Al llegar a la puerta del dormitorio de Niko, Iolanthe puso la mano en el pomo, pero se detuvo.

–No lo despiertes, por favor.

–No lo haré –volvió a asegurarle él–. Solo quiero verlo.

Iolanthe suspiró y abrió la puerta con suavidad. La habitación estaba iluminada únicamente por la luz de la luna que entraba por la ventana. Más que el cuarto de un niño, parecía el dormitorio de un cuartel militar. No había piezas de Lego ni juguetes desperdigados por el suelo. Niko detestaba el desorden.

Alekos se acercó a la cama. Niko estaba tendido sobre el costado con las piernas encogidas y una mano sobre la almohada. Alekos lo observó con el rostro contraído, presa de la emoción. Cuando alargó la mano hacia la cara del pequeño, Iolanthe contuvo el aliento. Si se despertase...

Alekos le acarició la mejilla con las yemas de los dedos y Niko se movió un poco, y murmuró algo incomprensible antes de quedarse quieto de nuevo. Alekos dio un paso atrás y paseó la vista por la habitación antes de volverse hacia Iolanthe y asentir.

Ella esperó a que hubiera salido para cerrar de nuevo con cuidado y bajaron las escaleras. Esperaba que Alekos se dirigiera a la salida, pero en vez de eso volvió a entrar en el salón.

–Mañana volveré para conocer a Niko.

–¿Mañana? Pero... necesito prepararlo...

–No tienes que decirle aún que soy su padre –la cortó él–. Quiero conocerlo, poder hablar con él.

Iolanthe se dejó caer en una silla y puso los codos en las rodillas, apoyando la cabeza entre ambas manos. Ya no podía más; estaba agotada, física y emocionalmente.

–¿Iolanthe? –la llamó Alekos, entre preocupado e impaciente.

–Estoy cansada, Alekos –le espetó levantando la cabeza para mirarlo–. Son las once de la noche y tengo tantas cosas en la cabeza que...

–¿Qué cosas?

No podía hablarle de la difícil situación financiera por la que estaban atravesando. Si se enterase de lo desesperada que estaba, la presionaría aún más para que se casase con él, y no podría soportar encontrarse de nuevo entre la espada y la pared porque no tenía otra salida.

–Cosas –murmuró ella, encogiéndose de hombros–: Lo de la compañía, la muerte de Lukas y cómo ha afectado a Niko...

Alekos apretó la mandíbula.

–¿Sabes cómo se me revuelven las entrañas de pensar que otro hombre, un hombre al que yo detestaba, haya podido ver crecer a mi hijo, mientras que a mí esa posibilidad se me ha negado? –le dijo–. No sé si podré perdonártelo.

–¿Por qué odiabas a Lukas? Creía que ni siquiera lo conocías.

–Y no lo conocía. Pero sé lo que hizo.

Sus palabras la llenaron de desazón, y un escalofrío le subió por la espalda.

–¿De qué hablas?

Alekos se quedó mirándola largo rato sin decir nada.

–No es momento de hablar de eso. Volveré mañana. ¿A qué hora vuelve del colegio?

–No va al colegio.

Alekos frunció el ceño.

–¿Que no va al colegio? ¿Por qué no?

–Estuvo yendo un tiempo, pero tuvo... dificultades.

–¿Dificultades? –repitió Alekos, frunciendo aún más el ceño–. ¿A qué te refieres? ¿Ha tenido problemas? ¿Se metían con él?

–No... no es nada de eso –Iolanthe se masajeó la sien con los dedos. Le estaba entrando dolor de cabeza. ¿Cómo podría explicárselo?–. Su rendimiento escolar no era muy bueno. Le costaba hacer amigos, y mantenerse sentado en su pupitre y prestar atención en clase.

Alekos apretó los labios.

–O sea, que se porta mal.

–No –replicó Iolanthe–. No es eso. Eso fue lo que pensaron algunos de sus profesores, pero la verdad es un poco más complicada.

–Pues cuéntame la verdad.

–Es difícil de explicar. Niko es... diferente a los demás niños –dijo Iolanthe. Los médicos a los que lo había llevado le habían dado distintos diagnósticos, pero ninguno parecía cuadrar del todo–. Lo comprenderás cuando lo veas mañana.

Por un momento pareció que Alekos iba a insistir, pero, para alivio de Iolanthe, se limitó a asentir.

–Está bien. Entonces vendré mañana, sobre las diez.

–Tiene clases con su tutor hasta las doce –dijo Iolanthe. Al ver relampaguear sus ojos, levantó una mano para apaciguarlo y añadió–: Pero supongo que por un día puede hacerse una excepción. Solo quería que supieras que está recibiendo una educación aunque no va al colegio.

–Ya seguiremos hablando de eso mañana –dijo Alekos.

Aunque preocupada, Iolanthe asintió. Su hijo era extraordinariamente inteligente y creativo, pero le costaba comunicarse y podía parecer frío. Lukas nunca había tenido la paciencia suficiente para tratar con él. ¿Y si Alekos tampoco la tenía? ¿Y si todo aquello fuese un error que acabase afectando a Niko como le había pasado con el rechazo de Lukas? No podría soportar verlo sufrir de nuevo.

Acompañó a Alekos hasta la puerta, y cuando se hubo marchado sintió una extraña mezcla de alivio y decepción. Se alegraba de poder quedarse a solas, después de sus reproches, pero ahora que Alekos se había marchado era como si le faltase algo vital. Si se casaran... ¿sería un matrimonio de verdad?

No se podía creer que estuviese haciéndose esa pregunta. No podía casarse con Alekos. Y, sin embargo, tenía el presentimiento de que él no cejaría hasta que le dijese que sí. ¿Había salido de una jaula dorada para entrar en otra?

Capítulo 8

ALEKOS estaba hecho un manojo de nervios cuando llegó a la casa de Iolanthe a la mañana siguiente para conocer a Niko, su hijo.

Al ver al chico durmiendo la noche anterior se le había encogido el corazón. Le había recordado a sí mismo de niño, y no solo por el pelo y las facciones. Había visto un manual de programación en la mesilla, y se había acordado de cuando él, siendo solo un chiquillo, devoraba libros como ese.

Su familia se había desbaratado siendo él muy niño. Su padre los había abandonado, y su madre, aunque había intentado sacarlos adelante a sus hermanos y a él trabajando como limpiadora, no podía mantenerlos a todos. Cuando se puso enferma y murió, los servicios sociales se hicieron cargo de ellos, y los mandaron a vivir con diferentes parientes o con una familia de acogida, como le ocurrió a él.

Llamó a la puerta, y al poco acudió a abrir la empleada del hogar, que lo saludó con un breve asentimiento de cabeza y una mirada desaprobadora.

–¿A qué ha venido otra vez?

Alekos enarcó las cejas, sorprendido y ofendido por la pregunta.

–Me parece que eso no es asunto suyo.

–Lo es, porque mi señora ya ha sufrido bastante en los últimos diez años –le dijo la mujer–, y me parece que usted solo le causará más dolor.

Aunque le molestó que le hablara de esa manera sin saber nada de él, Alekos cayó en la cuenta de que apenas sabía nada del matrimonio de Iolanthe. Le había dicho que no había querido a Lukas Callos, pero ¿la había querido él a ella? ¿O había sido solo un matrimonio de conveniencia con la hija del jefe, a cambio de aceptar como suyo a su hijo bastardo?

La empleada del hogar seguía mirándolo furibunda, pero por suerte en ese momento apareció Iolanthe, que le dio las gracias por ir a abrir y le dijo que ya se ocupaba ella. La mujer se retiró de mala gana y se quedaron a solas.

Iolanthe iba ataviada con una blusa de cuello alto, pantalones y zapatos de tacón, y el contraste con su atuendo informal del día anterior le hizo pensar que había elegido esa ropa a modo de coraza, para defenderse de él. Se había recogido el cabello con una pinza y, aunque se había maquillado, se la veía pálida. Estaba nerviosa, pero también lo estaba él; iba a conocer a su hijo.

–De momento, le he dicho a Niko que eres un amigo –le dijo Iolanthe–. Y que te dedicas a la informática. A él le apasiona.

–De acuerdo.

Iolanthe entrelazó las manos y, cuando lo miró, Alekos vio ansiedad en sus ojos.

–Como te dije, es un poco diferente a...

–Lo sé –respondió Alekos, levantando una mano para interrumpirla–. Deja que lo conozca y que juzgue por mí mismo.

Ella asintió y exhaló un suspiro.

–Está bien. Vamos arriba. Está en su cuarto, con su ordenador.

Subieron las escaleras, y, cuando llegaron a la puerta cerrada de la habitación del chico, Iolanthe llamó suavemente antes de abrir y entrar.

–Niko, ¿recuerdas que te dije que hoy iba a venir alguien que quería conocerte? –dijo señalando a Alekos, que se había quedado en el umbral de la puerta.

El chico, sentado frente a una pantalla de ordenador, se había girado y estaba mirándolos con recelo.

Iolanthe se hizo a un lado para que Alekos pudiera entrar.

–Este es Alekos –se lo presentó Iolanthe a su hijo con una sonrisa–, el amigo del que te hablé.

Niko lo escrutó en silencio, con una mano sobre el teclado en un gesto posesivo. Sus ojos, observó Alekos sorprendido, eran de un color parecido al de los suyos.

–¿Conocías a mi padre? –le preguntó, bajando la vista.

–Coincidimos en una ocasión –respondió Alekos, esforzándose por mantener un tono neutral. Lo último de lo que quería hablar era de Lukas Callos–, pero no llegué a tratarlo.

–¿Es verdad que te dedicas a la informática? –preguntó Niko.

Solo le lanzaba miradas furtivas, como si se sintiera incómodo mirándolo a los ojos.

–Así es. Tu madre me ha dicho que te gustan los ordenadores, ¿no?

El niño asintió con la cabeza antes de darse la vuelta y ponerse a teclear de nuevo, despachando abruptamente a Alekos.

–Niko... –lo reprendió Iolanthe–. Alekos está hablando contigo...

–Pues yo no quiero hablar con él.

Alekos dio un respingo al oír esa contestación maleducada. Iolanthe, aunque lo miró mortificada, no parecía sorprendida.

–Ha venido expresamente a verte –insistió–; no puedes...

–No quiero hablar con él –reiteró el niño en un tono áspero, apretando con su mano el ratón.

Alekos se dio cuenta de lo tenso que se había puesto de repente.

–Está bien, Niko, está bien –lo apaciguó Iolanthe.

Le dirigió una mirada a modo de disculpa a Alekos, que no acababa de entender.

–Claro, ya volveré otro día –le dijo a Niko.

El pequeño no respondió. Estaba balanceándose adelante y atrás en su silla con los brazos en torno a la cintura.

–No pasa nada, Niko –le susurró Iolanthe, dando un paso hacia él.

Pero, cuando alargó la mano hacia su hombro, su hijo dio un respingo y se apartó.

–¡No!

–Perdona –Iolanthe se mordió el labio inferior y retrocedió–. Volveré luego, ¿de acuerdo?

Niko no respondió. Iolanthe se volvió hacia Alekos, sacudió la cabeza y lo llevó fuera de la habitación.

Alekos esperó hasta que estuvieron abajo para hacerle la pregunta que estaba quemándole la lengua.

–¿Qué es lo que le pasa?

–No hables así de él –lo increpó Iolanthe enfadada volviéndose hacia él–, como si fuera un bicho raro.

–Perdona, no pretendía...

–¿Sabes cuántas veces me hacen esa pregunta?, ¿cómo lo mira la gente?

Al ver que estaba a punto de llorar, Alekos se sintió fatal.

–Lo siento, de verdad.

–Sé que has pensado que es un maleducado, y que te parece un niño raro; lo he visto en tu cara, he visto tu rechazo –le dijo ella con voz trémula.

–No siento rechazo hacia él –replicó Alekos en un

tono quedo, avergonzado de sí mismo, porque había algo de verdad en las palabras de ella–. No me lo esperaba así, y bueno, la verdad es que no entiendo su comportamiento.

Iolanthe se remetió un mechón de pelo tras la oreja e inspiró para intentar calmarse.

–Ya te dije que era diferente.

–Lo sé, pero no comprendo por qué, o qué es lo que hace que sea diferente.

–La verdad es que nadie lo sabe –admitió ella con un suspiro–. Le he llevado a un montón de médicos, de psiquiatras y terapeutas, y nos han dado varios diagnósticos, pero ninguno encaja del todo.

–Así que hace tiempo que sabes que tiene algún tipo de problema.

–Sí, desde que era pequeño. Incluso de bebé... tenía dificultades para establecer un vínculo de apego. No conseguí darle el pecho, y nunca le han gustado las caricias ni los abrazos. Y durante sus tres primeros meses de vida no paraba de llorar.

–¿Y después, cuando fue creciendo? –inquirió Alekos.

Iolanthe exhaló un pesado suspiro y se sentó en el sofá.

–Cuando tuvo edad suficiente empezó a ir al colegio –le explicó con la cabeza gacha–, pero le resultaba demasiado agobiante y se peleaba con los otros niños. Fue entonces cuando comenzó nuestro peregrinaje, de un médico a otro. Establecer una rutina diaria facilitó un poco las cosas, y a medida que ha ido siendo un poco más mayor he conseguido con la ayuda de terapeutas que no se comporte de un modo agresivo –alzó la vista hacia él con lágrimas en los ojos–. Ha hecho grandes progresos, aunque no lo parezca –añadió con una pequeña sonrisa.

Al verla así, tan cansada y descorazonada, Alekos empezó a comprender a qué se refería la empleada del hogar cuando le había dicho que Iolanthe había sufrido mucho en los últimos diez años.

–Cuéntame más –le pidió, sentándose en el otro sofá, frente a ella–. Me gustaría comprenderlo mejor.

Ella apretó los labios y con una mirada distante, siguió hablando.

–Los médicos sugirieron que estaba dentro del espectro autista, pero no todos sus síntomas se ajustaban a ese diagnóstico. Otros opinaban que era algún tipo de trastorno sensorial, pero algunos de sus comportamientos tampoco cuadran con ese diagnóstico –se encogió de hombros–. Al final acabaron poniéndole la etiqueta de «TGD» y lo dieron por zanjado.

–¿TGD?

–Trastorno Generalizado del Desarrollo, un diagnóstico comodín al que recurren cuando no saben con seguridad lo que es –le explicó ella con una triste sonrisa–. Pero vamos saliendo adelante. Sacarle del colegio ayudó, porque era demasiada presión para él relacionarse con los otros niños y comportarse como se esperaba de él. Además, se lleva muy bien con su tutor.

–Por cierto, ¿dónde está? Creía que iba a estar aquí esta mañana.

–Le pedí que viniera más tarde. Como ibas a venir...

Alekos frunció el ceño.

–¿Y crees que ha sido buena idea? Si las rutinas diarias son importantes para...

–Te agradecería que no me cuestionaras –le dijo Iolanthe con cierta aspereza–. Sé que te gusta tenerlo todo bajo control, pero te aseguro que sé mejor que tú cómo tengo que manejar a mi hijo.

–A nuestro hijo –puntualizó él–, y si no sé cómo manejarlo, es porque durante todo este tiempo me has impedido ser parte de su vida –añadió antes de poder contenerse.

Iolanthe contrajo el rostro, dolida.

–¿Vas a seguir echándome eso en cara eternamente? –le preguntó en un murmullo.

Alekos resopló.

–No, pero es algo que me cuesta perdonar, Iolanthe.

–Eso ya me lo has dicho antes –le espetó ella poniéndose de pie–. Y por eso estoy segura de que comprenderás que no tiene sentido que nos casemos. Estaríamos todo el tiempo discutiendo y lanzándonos acusaciones el uno al otro.

–Confío en que los dos seremos lo bastante maduros como para no hacerlo.

–No sería un buen ambiente para Niko –insistió ella–. Es muy sensible, y cuando nota que los demás están tensos le afecta muchísimo.

Alekos, que no quería perder los estribos, se contuvo para no alzar la voz y hablar con calma.

–Pues entonces, como te he dicho, haremos un esfuerzo para que no haya tensión en nuestro hogar.

Iolanthe soltó una risa seca antes de volver a dejarse caer en el sofá y sacudir la cabeza.

–Hablar contigo es como hacerlo con una pared.

–Quizá deberías dejar de tratar cada conversación que tenemos como si fuera una batalla –le sugirió Alekos.

Iolanthe puso los ojos en blanco.

–O sea que la culpa es mía, ¿no?

–No te estoy echando la culpa de nada, pero un niño debe estar con sus dos padres –le espetó él, sin poder evitar que le temblara la voz.

Iolanthe lo miró con curiosidad.

–Parece como si lo dijeras por experiencia.

–Así es –respondió él, y aunque no le gustaba hablar

de eso, añadió–: Mi padre nos dejó cuando yo era muy niño, y me separaron de mi madre poco después.

–Lo siento –murmuró Iolanthe–. Debió de ser muy duro para ti.

Estaba mirándolo con lástima, y eso era algo que Alekos no podía soportar.

–El pasado no se puede cambiar –respondió encogiéndose de hombros–, pero no quiero que Niko sufra como sufrí yo.

–No sé cómo llevaría un cambio así –apuntó ella.

–¿Así es como justificas el haberme mantenido apartado de él todos estos años? –le reprochó él–. Nada en la vida es constante, Iolanthe; todo cambia constantemente. No puedes mantener a Niko encerrado para siempre en su torre de marfil.

–Tú no sabes por lo que he...

–A lo mejor sé más de lo que piensas. Puede que comprenda mejor que tú por lo que Niko está pasando. Ha crecido con un hombre que no era su padre, como me ocurrió a mí –una repentina sospecha lo asaltó–. ¿Callos se llevaba bien con él?

Iolanthe apartó la vista, como incómoda.

–Lo... lo intentó –murmuró.

–¿Que lo intentó? ¿Qué significa eso?

–Bueno, Niko no era hijo suyo...

Las palabras de Iolanthe, pronunciadas con un hilo de voz, aumentaron las sospechas de Alekos e hicieron que le hirviera la sangre en las venas.

–Lo sabía cuando os casasteis. Si no era capaz de tratar a Niko como si fuera su propio hijo, no debería haberse casado contigo.

Si antes había detestado a Lukas Callos, en ese momento su odio hacia él se volvió aún más profundo.

–Quizá pensó que podría –balbuceó Iolanthe–. No puedo culparle por...

–¿Por qué no?

–Porque se casó conmigo sabiendo lo que había hecho –respondió ella–. Muy pocos hombres estarían dispuestos a hacer algo así.

–Solo fue sexo –dijo Alekos–. Estamos en el siglo XXI; no es como si hubiera sido algo imperdonable.

–Lo es en mi mundo –le espetó ella–. Da igual cómo lo vea el resto de la sociedad –suspiró, y le recordó–: Pero estábamos hablando de Niko.

–Lo sé. Quiero pasar más tiempo con él.

Y con ir a visitarlo a su casa no bastaría. Tendría que ser en un ambiente distinto, donde pudiera conocer mejor a su hijo, y de paso, pensó, a Iolanthe. Si iba a casarse con ella, tenía que conseguir entenderse con ella, por el bien de Niko. Necesitaban pasar tiempo juntos, como una familia, para convertirse en la familia que podían llegar a ser, la familia que él nunca había tenido.

–Hagamos un viaje –dijo. Iolanthe lo miró boquiabierta, y con unos ojos como platos–. Los tres. Vayamos a algún sitio donde podamos estar tranquilos. Así Niko podrá conocerme y nosotros podremos decidir si lo de casarnos podría funcionar.

La atracción que había surgido entre ellos aquella noche, años atrás, seguía ahí; incluso cuando discutían. Solo tenía que avivar los rescoldos. La pasión podía ser una buena base para el matrimonio; mucho mejor que el amor, escurridizo y de poco fiar.

–Como te he dicho, los cambios a Niko no...

–Lo sé, pero alguna vez te lo habrás llevado de vacaciones, ¿no?

Iolanthe sacudió la cabeza.

–En todos estos años no hemos ido a ningún sitio.

Poco a poco se estaba resquebrajando la idea preconcebida que Alekos tenía, de que Iolanthe había llevado la vida de una mujer rica, consentida y siempre de fiesta.

–Pues entonces no puedes saber si unas vacaciones le harían bien o no –insistió–. Danos a Niko y a mí esa oportunidad, Iolanthe. Creo que me lo debes.

Iolanthe dejó caer los hombros.

–Está bien –murmuró–, tienes razón.

Alekos sonrió triunfal, y su mente comenzó a planificar el viaje.

Capítulo 9

APOYADA en la barandilla del enorme yate de Alekos, Iolanthe levantó la barbilla para sentir la brisa del mar en la cara. Había temido aquel viaje, no solo por cómo lo llevaría Niko, sino también por sí misma. Tres semanas en compañía de Alekos, con lo atraída que se sentía por él, podían resultar muy peligrosas.

Pero en ese momento no quería pensar en eso. Estaba disfrutando del sol y de la brisa. El Egeo se extendía ante ellos como un inmenso manto ondulante de color turquesa. Alekos le había dicho que su isla privada estaba solo a unas horas de la costa.

Para su sorpresa, Niko, aunque algo receloso, se había tomado bastante bien aquellas repentinas vacaciones. Estaba sentado en la cubierta, bajo el toldo, con el portátil abierto en la mesa frente a él, trabajando en otra aplicación para móvil.

Iolanthe lo observó por el rabillo del ojo cuando Alekos se acercó a él. Vestido con una camiseta blanca y unos pantalones cortos, tenía el cabello revuelto por la brisa y su piel bronceada le daba el aspecto de un dios griego.

Alekos intentó entablar una conversación distendida con él, pero sus preguntas solo obtenían respuestas monosilábicas, y su hijo no despegaba la vista de la pantalla. Quizá no debería haberle permitido que se llevara el portátil, pero era algo que le daba seguridad.

Alekos dejó que siguiera con lo que estaba haciendo y se unió a ella, que lo miró por el rabillo del ojo cuando apoyó en la barandilla sus fuertes manos. A pesar del tiempo que había pasado, aún recordaba la sensación de esas manos acariciando su piel.

–Esto es increíble –murmuró mirando el horizonte–: un yate, una isla privada...

–Creía que estarías acostumbrada al lujo –comentó Alekos–, siendo como eras la hija de un hombre muy rico y la esposa de otro hombre muy rico.

–Lukas no era tan rico –contestó ella, arrepintiéndose de inmediato de haberlo dicho al ver a Alekos fruncir el ceño. No quería que se enterara de la penosa situación económica en que los había dejado a Niko y a ella–. Nunca he ido de viaje ni he disfrutado de esta clase de lujos, excepto cuando acompañaba a mi padre a Atenas de forma ocasional.

–¿Lo echas de menos? –le preguntó él.

Iolanthe asintió y se mordió el labio inferior.

–Se enfadó muchísimo conmigo, y sé que lo decepcioné, pero quería a Niko –miró a su hijo y sonrió–. Solo por eso me siento incapaz de guardarle rencor–. Y Niko adoraba a su abuelo –la atención que le había dedicado su padre, aunque esporádica, había sido un bálsamo para el pequeño ante el continuo rechazo de Lukas–. Su muerte lo afectó muchísimo.

Alekos se quedó callado, mirando el mar.

–¿Has conseguido hacer algún progreso con Niko? –le preguntó ella.

–Creo que algo sí que hemos progresado, aunque aún se muestra receloso conmigo.

–Es así con todo el mundo; no te lo tomes como algo personal.

Alekos asintió, pero no pareció que su respuesta lo satisficiese, y Iolanthe se preguntó, preocupada, si Alekos no se habría propuesto cambiar a Niko o intentar «arreglarlo». Quería que aceptara y quisiera a su hijo como era.

–Bueno, cuéntame dónde vamos –le pidió, inyectando alegría en su voz–. Aparte de que es una isla de tu propiedad no me has dicho mucho más.

Alekos se giró hacia ella.

–Me imagino que las islas privadas del Egeo no se diferencian mucho unas de otras –le respondió, riéndose suavemente.

–Pues no sabría decirte.

Él la miró sorprendido.

–¿Callos nunca te llevó a su isla?

–No, la usaba solo para asuntos de negocios, para agasajar a sus clientes. En un principio era de mi padre, pero se la regaló a Lukas antes de morir.

Alekos frunció el ceño.

–Pero si había pertenecido a tu familia durante generaciones...

–Parece que sabes mucho sobre mi familia –apuntó Iolanthe.

–Pues, por lo que se ve, no –murmuró él, mirándola pensativo.

Iolanthe esbozó una sonrisa burlona.

–Y en lo que a mí respecta también estabas bastante equivocado –dijo–. Creías que llevaba una vida de lujos, que estaba acostumbrada a tener todos los caprichos. Cuando vivía bajo el ala de mi padre era como vivir en una jaula dorada, rodeada de lujo, sí, pero sin libertad, y siempre me sentía muy sola. Luego, cuando me casé con Lukas... –apretó los labios y no terminó la frase.

–No fuiste feliz en tu matrimonio –concluyó Alekos con suavidad.

Iolanthe negó en silencio. Alekos puso su mano sobre la de ella en la barandilla, y el mero contacto hizo que un cosquilleo la recorriera de arriba abajo.

–Esto es un nuevo comienzo, Iolanthe. Puede serlo, para los tres.

Ella tragó saliva y alzó la vista hacia él.

–¿Tú necesitas un nuevo comienzo?

–Quiero uno contigo y con Niko.

Desconcertada por su respuesta, Iolanthe sacó su mano de debajo de la de él.

–Debería ir a ver cómo va Niko.

Alekos se giró para mirar al pequeño, que seguía inmerso en lo que estaba haciendo.

–Niko está bien –dijo.

Pero Iolanthe lo ignoró y fue junto a su hijo. ¿Qué había querido decir Alekos con eso de un nuevo comienzo para los tres? Cuando le había propuesto que se casaran, había dado por hecho que sería un matrimonio sin amor, puramente de conveniencia.

–¿Cómo va esa aplicación? –le preguntó a Niko, sentándose en el banco al otro lado de la mesa–. ¿Todavía estás con la de los puntos de poder zombi?

Niko sacudió la cabeza.

–Esa ya la terminé.

–¿Y qué haces con tus aplicaciones cuando las terminas?

Iolanthe no entendía el mundo en el que habitaba su hijo, de juegos en redes, aplicaciones para el móvil y demás.

Niko se encogió de hombros.

–No mucho. Se las enseño a otra gente por Internet.

–A lo mejor podrías ponerlas a la venta –sugirió ella.

Niko dejó caer los hombros y le lanzó una mirada sombría antes de apartar la vista.

–A papá no le parecía que fueran gran cosa.

A Iolanthe se le hizo un nudo en la garganta al oírle decir aquello.

–Pues a mí me parece que tienen un gran valor –replicó–. ¿Por qué no se las enseñas a Alekos? Puede que le resulten interesantes.

Niko le lanzó una mirada a Alekos, que seguía apoyado en la barandilla, de espaldas a ellos, y sacudió la cabeza.

–No.

Iolanthe decidió que sería mejor no presionarlo. Estaba segura de que Niko tenía miedo de que Alekos lo rechazara como había hecho Lukas; el mismo miedo que tenía ella. ¿Y si pasados unos días empezaba a impacientarse con las peculiaridades de Niko?

Intentando ignorar esos pensamientos, Iolanthe sonrió a su hijo y dejó que continuara con lo que estaba haciendo y se puso a leer la novela que se había llevado al viaje.

Habría pasado una media hora cuando Alekos se acercó.

–El cocinero me ha dicho que el almuerzo estará listo dentro de unos minutos –anunció, sentándose junto a ella.

Al hacerlo, su muslo rozó el de ella bajo la mesa, y sintió que una oleada de calor la invadía. No sabía qué hacer, si apartarse un poco, o hacer como si nada.

–¿Cuánto nos falta para llegar a la isla?

–Otra hora más o menos –Alekos posó la mirada en su hijo y le preguntó–: ¿Te va bien la conexión a Internet, Niko?

Su tono era desenfadado, pero había preocupación en su rostro. Quería establecer un vínculo con Niko, y el pequeño no se lo estaba poniendo fácil.

–Sí –fue la lacónica respuesta de Niko, que ni siquiera levantó la vista de la pantalla.

Alekos y ella conversaron un poco sobre trivialidades, y al cabo de un rato se acercó un miembro de la tripulación para pedirles que lo acompañaran a la mesa que habían preparado en la cubierta de popa.

–Tiene todo una pinta increíble –comentó Iolanthe mientras Alekos le acercaba la silla para que se sentase.

Había una bandeja con sándwiches, una fuente de estofado de carne con patatas y verduras, una tabla de quesos, ensalada...

–Comed lo que os apetezca –dijo Alekos, descorchando una botella de vino.

Cuando le sirvió una copa a Iolanthe y se la tendió, ella la tomó vacilante.

–No acostumbro a tomar vino con la comida –le confesó con una risa tímida.

Alekos se llevó su copa a los labios para tomar un sorbo y, mirándola de un modo seductor, respondió:

–Estamos celebrando el inicio de estas vacaciones, que seguro que serán una gran aventura.

El fuego que había en sus ojos, el pensar que podría ocurrir algo entre ellos durante aquel viaje, hizo que una ráfaga de calor aflorara en su vientre, y que se dispararan las alarmas en su cabeza.

–Visto así... –murmuró, y tomó un sorbo de vino ella también.

Alekos se esforzó por mantener la conversación distendida, intentando hacer participar a Niko, pero sin presionarle, y ella, que observaba a su hijo por el rabillo del ojo, advirtió aliviada cómo la tensión abandonaba el cuerpo del pequeño. Aún respondía de un modo escueto a las preguntas de Alekos, y la mayor parte del tiempo tenía la cabeza gacha, mirando su plato, pero que se estuviese relajando un poco ya era un avance.

Después del almuerzo, Niko se levantó y fue a sentarse junto a la barandilla a mirar el torrente de espuma que formaban las hélices del yate en el agua.

–Este viaje ha sido una buena idea; de momento ya has conseguido despegarlo de su portátil –le dijo Iolanthe a Alekos, observando a su hijo con placer.

–Creo que eso se lo debemos más al entorno que a mí –respondió Alekos, echándose hacia atrás en la silla.

Iolanthe se sentía maravillosamente relajada, probablemente por efecto del vino. Tras todos esos años de estrés casi constante, era como estar en el paraíso.

–Aun así, es una bendición verlo así –murmuró–, y he aprendido a valorar las pequeñas cosas como esa.

Alekos la escrutó en silencio, como pensativo.

–¿Cómo has aprendido eso?

–Supongo que se llama «crecer» –contestó ella con una sonrisa burlona–. A todo el mundo le pasa.

–Tal vez –concedió Alekos–, pero hay personas que crecen más deprisa que otras.

–¿Como te pasó a ti?

–Sí, supongo que las circunstancias me obligaron a crecer bastante deprisa –admitió él con cierta reticencia, como midiendo sus palabras.

–Háblame de eso –le pidió Iolanthe–. Teniendo en cuenta nuestra... situación, deberíamos intentar conocernos mejor el uno al otro.

Por un momento, pareció que Alekos iba a negarse, pero luego miró a Niko y dijo a regañadientes:

–¿Qué quieres saber?

–Dijiste que perdiste a tus padres cuando eras muy pequeño.

Él asintió.

–Mi padre nos dejó cuando yo tenía cuatro años.

–Quieres decir que se fue... ¿así, sin más?

Alekos se encogió de hombros y bajó la vista a su copa mientras movía la muñeca en círculos, haciendo girar suavemente el vino.

–Muchos hombres eluden la responsabilidad que tienen para con sus hijos, y eso es algo que yo nunca haré.

Iolanthe sintió una punzada de culpabilidad.

–Eso fue lo que dijiste... –murmuró.

Alekos la miró con los ojos entornados.

–¿Cuándo?

–Aquella noche, en el hotel.

De pronto, el recuerdo de aquella velada pareció vibrar en el aire, entre ellos, y una oleada de deseo la invadió, haciéndola estremecerse.

–Es cierto, lo dije –asintió él–. Y la verdad es... –su rostro se ensombreció, y bajó de nuevo la vista a su copa–. La verdad es que no me porté bien contigo entonces, ni me he portado bien contigo después.

El corazón de Iolanthe palpitaba con fuerza. Jamás se hubiera esperado que Alekos, que tan frío, arrogante e inflexible se había mostrado hasta la fecha, acabase de admitir aquello.

–Espera, ¿eso ha sido una disculpa? –le preguntó con humor, esbozando una sonrisa pícara.

En los labios de él también se dibujó una sonrisa, tan sensual que se le llenó el estómago de mariposas.

–Algo así –dijo Alekos.

–Entonces la acepto. Gracias –Iolanthe inspiró profundamente y añadió–: Y yo tampoco me porté bien contigo al ocultarte que estaba embarazada. Lo siento.

–Disculpa aceptada.

¿Era así de sencillo? ¿Con solo disculparse ya podían dejar atrás el pasado y empezar de cero? ¿Era eso lo que ella quería? Iolanthe no podía estar más confundida.

–Volviendo a lo que estábamos hablando... –le dijo a Alekos–, también mencionaste que perdiste a tu madre poco después.

Alekos se irguió en el asiento.

–Mi madre hizo todo lo que pudo, pero no podía con todos nosotros.

–¿Cuántos erais?

–Cuatro. Los servicios sociales nos separaron cuando

ella murió. Yo tenía seis años. A cada uno nos mandaron con parientes lejanos o con familias de acogida.

Iolanthe se quedó mirándolo espantada.

–¿Y no podrían haber dejado que siguierais juntos?

–Ninguno de nuestros parientes tenía los medios suficientes para ocuparse de cuatro niños.

–Pero eso es terrible... –murmuró Iolanthe, sacudiendo la cabeza–. ¿Y con quién te mandaron a ti?

–Con una familia de acogida. Se portaron bien conmigo: tenía ropa, comida, se aseguraron de que fuera al colegio...

Pero no le habían dado afecto, dedujo Iolanthe. Alekos había crecido sin el cariño de una familia.

–¿Y qué fue de tus hermanos?

–Los trabajadores sociales intentaron que siguiéramos viéndonos regularmente, pero con el paso de los años perdimos el contacto.

–¿Quieres decir que no sabes qué fue de ellos? ¿Nunca has intentado encontrarlos?

–No –respondió Alekos con cierta aspereza–. Nunca lo he intentado porque he supuesto que no querrían que los encontrase. Ellos también podrían haberme buscado a mí.

–Ya. Pero es tan triste... –murmuró ella con un nudo en la garganta–. Lo siento, de verdad.

Alekos se encogió de hombros.

–La vida sigue.

Iolanthe entendía qué quería decir, pero... ¿podía dejar atrás una persona esa tristeza? Decidiendo que sería mejor cambiar de tema, se aclaró la garganta y le preguntó:

–Entonces... ¿aún queda mucho para llegar a esa isla tuya?

–Ya nos queda muy poco –respondió él levantándose–. Ven –dijo tendiéndole la mano.

Iolanthe volvió a sentir mariposas en el estómago

cuando se puso de pie y tomó su mano. Alekos la llevó hasta la barandilla, donde seguía apoyado Niko.

–Mirad –les dijo a ambos señalando–. ¿Veis aquella masa verde en el horizonte?

Iolanthe guiñó los ojos.

–¿Esa es tu isla? Parece bastante grande.

–Tiene unos cuantos kilómetros cuadrados.

–Vaya...

A medida que se acercaban al embarcadero, Niko y ella empezaron a distinguir formaciones de roca, olivos de retorcidos troncos, y una playa de blanca arena. En un promontorio se alzaba un enorme caserío encalado con multitud de ventanas con sus balcones de hierro forjado y maceteros cuajados de flores de colores.

Iolanthe notó que Niko, ahora que estaban a punto de bajarse del yate, estaba algo nervioso. Alekos pareció darse cuenta también.

–¿Qué te parece si, cuando desembarquemos, tu madre y tú dais una vuelta por la villa? –le propuso–. Podéis escoger las habitaciones que queráis. Ya me ocupo yo del equipaje.

Iolanthe le sonrió, agradecida por que comprendiera que su hijo necesitaba un poco de espacio.

Mientras Niko y ella subían hacia la villa, el pequeño iba mirándolo todo con los ojos muy abiertos, pero también con recelo. Por suerte, Alekos debía de haber hablado con el ama de llaves, que estaba esperándolos en la puerta principal, porque, aunque les dio la bienvenida y los invitó a pasar, luego los dejó a solas para que exploraran por su cuenta.

–¿Dónde quieres que vayamos primero? –le preguntó Iolanthe a su hijo.

Niko señaló las escaleras y, con una mezcla de ilusión por aquella aventura, y también algo de nervios, Iolanthe lo siguió al piso de arriba.

Capítulo 10

ALEKOS había pedido al ama de llaves que les sirvieran la cena en el patio cuando Niko ya se hubiera acostado, y estaba esperando a que bajara Iolanthe, que había ido a arropar a Niko.

Al oírla llegar se volvió, y sus ojos la recorrieron lentamente, deleitándose con el suave contoneo de sus caderas al andar. Llevaba un bonito vestido de algodón y encaje, y se había dejado el cabello suelto.

–¿Cómo está Niko? –le preguntó tendiéndole una copa que acababa de servirle.

–Acabo de ir a arroparle. Está cansado; ha sido un día muy agitado para él con tantas novedades –Iolanthe tomó un sorbo de la copa y se relamió los labios–. ¿Qué es?

–*Agiorgitiko,* una mezcla de zumo de fruta, ron y vino tinto.

–Está delicioso –dijo Iolanthe antes de tomar otro sorbo. Sus ojos le sonreían por encima del borde de la copa, y a Alekos le entraron ganas de arrancársela de la mano para besarla–. Este lugar es increíble –añadió señalando a su alrededor con el brazo–. La piscina, los jardines, la playa... Creo que, como dijiste, a Niko le harán bien estas vacaciones. Y a mí también; nos hacía falta salir del ostracismo en el que vivíamos.

–¿Qué quieres decir? –inquirió Alekos.

Puso una mano en el hueco de su espalda y la condujo hasta la barandilla que se asomaba a la piscina, cuya superficie brillaba con la luz de la luna.

Iolanthe se quedó callada un momento, como si estuviese tratando de ordenar sus pensamientos antes de responder.

–Pues que, entre la lucha diaria con Niko y los desencuentros con Lukas... me parecía que organizar cualquier salida podía ser aún más agobiante –le explicó–. Niko tenía su tutor, y Lukas estaba siempre en el trabajo. No tengo muchas amistades, y tampoco tenía compromisos sociales, salvo los pocos a los que tenía que acompañar a Lukas por su trabajo –se encogió de hombros, y añadió con expresión preocupada–: Quizá habría sido mejor para Niko que saliéramos más, para que saliera de su caparazón.

–Pero dices que le cuesta relacionarse con los demás.

–Sí, pero hay otras cosas que le gustan aparte de la informática, como nadar. Solía llevarlo a la piscina de la comunidad cuando no había mucha gente. Está deseando darse un chapuzón mañana en la tuya –dijo señalándola con un movimiento de cabeza–. Y también le gustan los museos. Le encanta aprender cosas y memorizar datos. Cuando era pequeño lo llevé al Museo de Historia Natural de Kifisia. No recuerdo muy bien cuándo dejamos de hacer esas cosas –dejó escapar un suspiro y le confesó–: En algún punto el estrés y el cansancio pudieron conmigo.

–Pues me alegro de poder ofrecerle algo nuevo a Niko –Alekos hizo una pausa, y añadió–: Y a ti. Parece que estos últimos diez años no han sido muy felices para ti.

Iolanthe tomó otro sorbo de su copa.

–He aprendido a conformarme.

–Eso no suena muy bien.

Ella encogió un hombro y respondió:

–Como tú dijiste, he sobrevivido. Cuando me casé con Lukas sabía que no era un matrimonio por amor.

–¿Por qué se casó contigo? –inquirió él–. ¿Fue solo para asegurar su posición en la compañía de tu padre?

–Sí, no sentía nada por mí, te lo aseguro.

–¿Y tú por qué accediste a casarte con él?

Iolanthe torció el gesto, entre incrédula y molesta.

–¿Cómo puedes preguntarme eso? Estaba embarazada.

–Pero yo me habría casado contigo si lo hubiera sabido. Te lo dije aquella noche en el hotel.

–¿Otra vez vamos a empezar con las acusaciones? –lo increpó ella–. La verdad es que no me dijiste que te casarías conmigo; solo que te tomabas tus responsabilidades muy en serio. ¿Cómo iba a saber yo qué querías decir con eso? A lo mejor lo que pensabas era pagarme un aborto.

Alekos retrocedió, atónito y profundamente insultado.

–Jamás te habría sugerido algo así.

–La cuestión es –le dijo Iolanthe– que yo no lo sabía. Y cuando fui a hablar contigo lo único que hiciste fue asustarme. Parecía como si me odiaras, Alekos, y mi padre insistía en que no encontraría a otro hombre como Lukas, dispuesto a casarse conmigo. No tuve elección... –se le quebró a voz, y parpadeó para contener las lágrimas antes de apartar la vista–. No tienes ni idea de lo horrible que fue para mí.

Avergonzado de sí mismo, Alekos le puso una mano en el brazo para disculparse, pero ella se apartó.

–Perdóname; no debería haberte puesto en esa situación –le dijo Alekos en un tono quedo.

Había estado tan enfadado aquel día que había ido a verlo... Pero enfadado con su padre, por cómo lo había tratado, por la paliza de sus matones... No debería haberlo pagado con ella.

–No sé muy bien por qué estamos hablando otra vez de esto –murmuró Iolanthe–. Creía que ya nos habíamos disculpado.

–Lo hicimos, pero una simple disculpa no borra el dolor y la tristeza de diez años. Es difícil perdonar.

–Lo es para ti –puntualizó ella–. No puedes perdonarme, ¿no?, no puedes perdonarme que no te dijera que estaba embarazada.

Alekos apartó la vista. ¿Qué respuesta podía darle? Perdonar no estaba en su naturaleza; se había aferrado a su rencor contra Talos Petrakis porque durante todos esos años solo había tenido un objetivo: vengarse. No sabía si podría llegar a cambiar.

–Tu silencio lo dice todo –murmuró Iolanthe con un suspiro resignado.

–Todavía estoy asimilando todo esto –le dijo Alekos–. Es que... me duele que Niko haya crecido creyendo que otro hombre era su padre. Supongo que siento celos.

Ella sacudió la cabeza.

–Pues no tiene sentido, porque Lukas no llegó a establecer un vínculo afectivo con Niko –murmuró–. Como te dije, nunca fue capaz de obviar el hecho de que no era hijo suyo. Niko quería que le prestara atención, pero, aunque podrían haber congeniado porque tenían en común su pasión por la informática y la tecnología, Lukas lo ignoraba, y creo que su rechazo le hizo a Niko mucho daño –una lágrima rodó por su mejilla, pero la enjugó con el dorso de la mano–. Me siento culpable –le confesó atormentada–. A veces me pregunto si Niko no estaría mejor si lo hubiese criado yo sola, en vez de haberme casado con un hombre que no quería nada con él. Podría haber intentado arreglármelas sola, haber salido al mundo en busca de aventura como te dije aquella noche en la fiesta –esbozó una triste sonrisa que le encogió el corazón a Alekos–. Ojalá lo hubiera hecho. Quizá Niko no tendría los problemas que tiene ahora.

Se le quebró la voz, y Alekos la atrajo hacia sí.

–No puedes dejarte hundir por la culpabilidad –le dijo acariciándole el cabello mientras la abrazaba–. Tienes que mirar hacia el futuro.

El calor del cuerpo de Iolanthe estaba llevando al límite su capacidad de autocontrol. Se moría por tomarla de la barbilla, secar sus lágrimas y devorar sus carnosos labios. Pero lo que ella necesitaba en ese momento no era eso, sino que la reconfortara.

–Supongo que tienes razón –murmuró Iolanthe.

Era un buen consejo que él no seguía. Durante toda su vida había dejado que el pasado lo controlara, que influyera en cada uno de sus actos. Pero, al contrario que Iolanthe, él no se arrepentía de nada. Petrakis se tenía bien merecido que fuese a destruir su compañía, porque había triunfado aprovechándose de su trabajo. Además, había conspirado contra él para arrebatarle a su hijo además de sus ideas, y había engañado a Iolanthe haciéndole creer que había sido Callos quien había desarrollado aquel *software*. Si hubiese dejado que fuese ella quien decidiese si se quería casar o no...

«¿También vas a echarle la culpa a Petrakis de eso?», lo increpó su conciencia. «Fuiste tú quien la ahuyentó el día que fue a verte, quien le dijo que se fuera».

Iolanthe se apartó de él y retiró la vista, como incómoda.

–No estoy acostumbrada a que me consuelen, ni a depender de nadie –murmuró. Luego lo miró a los ojos y añadió–: Tengo miedo de acabar dependiendo de ti, Alekos, y de que a Niko le pase lo mismo.

–No os fallaré.

–Cuando se hace una promesa así es necesario que la otra persona confíe –le dijo Iolanthe–, y la confianza es algo que hay que ganarse. Y no lo digo solo por ti; sé que también yo debo ganarme tu confianza.

–Por eso estamos aquí. Para conocernos mejor, para aprender a confiar el uno en el otro –le dijo Alekos–. Anda, vamos a cenar –añadió en un tono alegre para distender el ambiente.

La tomó de la mano para conducirla a la mesa, y los ojos grises de Iolanthe se fijaron en cada detalle: el mantel de lino, el candelabro de plata, la botella de vino puesta a enfriar en una cubitera, la elegante vajilla de porcelana...

–Todo esto es muy... romántico –comentó, lanzándole una mirada insegura–. Pero no sé si es buena idea.

–¿Te incomoda que pasemos un rato a solas? –le preguntó él–. Te mereces relajarte y divertirte un poco –le dijo, y le retiró la silla para que se sentara.

Iolanthe se sentía tremendamente tensa. La había estresado el haber dicho que sí a aquel viaje y, al llegar, que a Niko, cansado y nervioso por el ajetreo del día, le hubiese costado meterse en la cama y dormirse. Pero la tensión que sentía en ese momento era producto de la tensión sexual que había entre Alekos y ella, y era algo que la asustaba.

Tomó asiento, y, cuando Alekos desdobló su servilleta para colocársela en el regazo, y sus dedos le rozaron los muslos, una ráfaga de calor afloró en su vientre.

–Disfruta de la velada y olvídate de lo demás –le susurró al oído, y su cálido aliento le acarició la mejilla–. Te lo mereces después de todo lo que has pasado.

Luego rodeó la mesa y se sentó frente a ella, con

aspecto relajado y seguro de sí mismo. ¿Cómo lograba que pareciera tan sexy una simple camisa blanca con el cuello desabrochado?

Cuando la criada les sirvió el primer plato, una ensalada de lechuga con pepino y queso feta, le dijo:

–Mi vida tampoco ha sido tan triste. También he tenido algunos momentos de felicidad.

–No pretendía decir lo contrario, pero sí me parece que no has tenido muchas oportunidades de hacer lo que te hubiera gustado hacer –le dijo él–. ¿Sabes?, podrías aprovechar estas vacaciones para retomar tu afición por el dibujo y la pintura –añadió, cambiando de tema.

–Pues la verdad es que sí –asintió ella–. ¡Hay tantos paisajes y rincones bonitos en este lugar...!

La idea de volver a dibujar la ilusionó. Apenas lo había hecho en los últimos diez años porque no había tenido tiempo ni energías para ello.

La conversación continuó por cauces tranquilos durante el resto de la cena, y compartieron impresiones con el otro sobre distintos temas sin volver a adentrarse en el terreno pantanoso de las emociones y los recuerdos. Para cuando terminaron el postre Iolanthe no quería que la velada acabase, aunque sabía que debería ir a ver cómo estaba Niko.

–Gracias –le dijo a Alekos–. Ha sido una velada muy agradable.

Él se puso de pie, y cuando rodeó la mesa y le tendió la mano ella la tomó, pensando que solo era un gesto cortés para ayudarla a levantarse, pero de pronto la atrajo hacia sí y quedó pegada contra su cuerpo.

–No tiene por qué acabar aún –le susurró mirándola a los ojos.

Cuando bajó la vista a su boca, los labios de Iolanthe se entreabrieron automáticamente. Hacía tanto de su último beso...

–Eres tan hermosa... –murmuró Alekos acariciándole la mejilla con el pulgar.

Iolanthe se estremeció de placer.

–Eso mismo me dijiste hace diez años –le dijo en un susurro.

No podía apartar la vista de sus ojos ambarinos.

El pulgar de Alekos se posó en sus labios entreabiertos.

–Es que entonces ya lo eras, pero ahora eres aún más hermosa. Y yo te deseo aún más que entonces, aunque nunca lo hubiera creído posible.

Ella dejó escapar una risa temblorosa.

–Alekos, no podemos...

Los ojos de él se oscurecieron.

–¿Por qué no?

–Porque es demasiado pronto. Y esto es ir demasiado rápido –Iolanthe tragó saliva–. Hace solo un rato estábamos hablando de que teníamos que ganarnos la confianza del otro... ¿y ya quieres acostarte conmigo?

–Dime que tú no lo deseas también –le espetó Alekos con voz ronca.

–Sí que lo deseo –admitió ella–. Pero estoy tratando de aferrarme a la poca cordura que me queda en este momento porque sé que esto no es buena idea –le dijo apartándose de él–. Necesito tomarme mi tiempo, Alekos. Por mi bien y por el de Niko.

Alekos apretó los labios.

–Cuando nos casemos, esperaré que compartas la cama conmigo.

–¿Cuando nos casemos? –repitió ella frunciendo el ceño–. Pareces muy seguro de ti mismo. Creía que habíamos venido aquí para conocernos mejor, para decidir si deberíamos casarnos.

–No –le contestó él sin vacilar–. Hemos venido aquí

para conocernos mejor porque vamos a casarnos. Ya te lo dije, Iolanthe, yo no negocio.

–No estamos en la Edad Media, y no puedes arrastrarme a la fuerza hasta el altar –le espetó ella con dignidad.

Un músculo se contrajo en la mejilla de Alekos.

–Yo jamás haría eso, pero creía que habíamos llegado a un acuerdo. Es lo mejor para Niko y...

–Aún está por decidir qué es lo que más le conviene a Niko –lo cortó ella–. Y ahora si no te importa me voy a la cama. Sola –puntualizó, no se le fueran a ocurrir ideas.

Los ojos de Alekos relampaguearon con ira contenida, pero asintió con la cabeza.

–Gracias por la velada –repitió Iolanthe–. Y por organizar todo esto –se quedó callada un momento y, en un intento por aplacarlo, añadió–: Solo necesito que me des un poco de tiempo, Alekos.

La expresión de él permaneció inalterable.

–Creía que era eso lo que estaba haciendo.

Iolanthe suspiró y entró en la casa. Era como hablarle a una pared.

Capítulo 11

ALEKOS no lograba conciliar el sueño. Tendido en la enorme cama, con los brazos doblados debajo de la cabeza, miraba las aspas del ventilador del techo, que giraba lentamente.

La velada no había acabado como él habría querido. Justo cuando parecía que todo iba tan bien... Hasta había tenido a Iolanthe entre sus brazos, y ella no se había resistido.

Y sí, quería llevársela a la cama, pero a lo largo de la cena había descubierto que le gustaba charlar con ella. Le interesaban sus opiniones, y admiraba la fortaleza de carácter que había desarrollado para sobrevivir a aquellos diez años de infeliz matrimonio.

Pero, aun así, no podía evitar que lo asaltaran los celos cuando pensaba en Lukas Callos, que durante todo ese tiempo había tenido a una esposa y un hijo que él debería haber tenido.

«A lo mejor la culpa de que no los tuvieras es tuya», apuntó su conciencia. Si hubiera sido más amable con Iolanthe el día que había ido a hablar con él, tal vez habrían llegado a un acuerdo. Y se habrían casado. Sí, bueno, si su padre lo hubiera permitido, se dijo con sorna.

Una sensación incómoda se revolvió en su interior. Había oído una nota de tristeza en la voz de Iolanthe cuando le había hablado de su padre. A pesar de lo estricto e injusto que había sido con ella seguía queriéndolo porque era su padre y, sabiéndolo, se le hacía difícil contarle la verdad sobre él. Pero si no lo hacía ella jamás entendería los motivos que había tras su deseo de venganza, ni el daño que le había hecho su padre.

Claro que quizá tampoco fuera necesario. Él separaba lo personal de lo profesional, y Petra Innovation estaba acabada de todos modos. No tenía la menor intención de dejar que prosperara el negocio del que había sido su rival. Su hijo heredaría su propia compañía, la que él había levantado con su esfuerzo y llevaba su apellido. No dejaría que Talos Petrakis, desde la tumba, le robara nada más.

Con un largo y cansado suspiro, cerró los ojos para tratar de dormir un poco. Sin embargo, justo cuando el sueño estaba empezando a apoderarse de él, un agudo grito rasgó el silencio de la noche. Se incorporó en la cama como impulsado por un resorte, con el corazón martilleándole en el pecho del susto. Volvió a oírse de nuevo, esa vez aún más agudo y angustioso. Se bajó de la cama y se puso los pantalones del pijama antes de salir al pasillo.

El ruido parecía que procedía del cuarto de Niko, y cuando ya se acercaba oyó la voz de Iolanthe, murmurando para calmar al niño, que en ese momento gemía sin cesar. Alekos empujó con suavidad la puerta entreabierta. Niko estaba incorporado en la cama, gimoteando, con el rostro pálido y perlado de sudor, mientras que Iolanthe, sentada a su lado, le susurraba que no pasaba nada, que todo estaba bien.

–¿Qué...? –comenzó a decir Alekos.

Iolanthe se giró un poco, llevándose un dedo a los labios para pedirle que guardara silencio. Alekos obedeció. Era evidente que aquella era una situación a la que estaba acostumbrada, y eso lo preocupó aún más.

¿Qué hacía que su hijo se despertase en medio de la noche tan angustiado?

Aunque probablemente solo serían unos diez minutos, a Alekos le pareció que pasó toda una eternidad hasta que por fin los gemidos de Niko empezaron a apagarse. Iolanthe lo convenció para que volviera a tumbarse, y lo arropó amorosamente, apartándole el cabello de la frente con una sonrisa triste en los labios.

Aunque Niko volvió a quedarse dormido, se quedó sentada un rato más al borde de la cama, con los hombros caídos, como si el peso que soportasen fuese demasiado grande. Luego se levantó y fue hacia Alekos.

–Ya se ha dormido –le dijo en un susurro.

Cuando pasó a su lado para salir, el aroma a vainilla de su cabello envolvió a Alekos, que no pudo evitar fijarse en su camisón que, aunque recatado, por alguna razón a él se le antojó increíblemente erótico.

Alekos salió también del dormitorio del niño y cerró la puerta tras de sí.

–¿Por qué estaba tan agitado? –le preguntó a Iolanthe en voz baja.

–Padece lo que los médicos llaman «terror nocturno». Es un trastorno del sueño, como una especie de episodio de pánico repentino. Él no es consciente de lo que le ocurre porque no está despierto del todo. A veces no hay forma de calmarlo; no puedes hacer otra cosa más que esperar a que se le pase.

Alekos se quedó mirándola espantado.

–Y estos... episodios... ¿los tiene a menudo?

–Estaban empezando a ser menos frecuentes –le explicó Iolanthe–, hasta que murió Lukas. Desde entonces han aumentado.

Alekos frunció el ceño.

–Pero... creía que apenas le prestaba atención. ¿Es que Niko lo echa de menos?

–No lo sé. Puede que simplemente se deba a que acusa el cambio, el que Lukas ya no esté. Como te dije, a Niko le cuesta aceptar los cambios. Y la muerte es algo duro y terrible, aunque no se le tenga apego a una persona.

Alekos asintió, asimilando aquello como podía y deseando que hubiera algo que pudiera hacer para ayudar.

–Es desgarrador oírle gritar y gemir así.

–Lo sé –murmuró ella–, a mí también me parte el corazón, pero no me ha quedado más remedio que acostumbrarme a ello. Los médicos dicen que debería remitir a medida que vaya creciendo.

Alekos se sintió mal al pensar que Iolanthe había tenido que sobrellevar sola toda esa carga, en buena parte por culpa del comportamiento irresponsable que él había tenido aquella noche, años atrás. Iolanthe estaba dándole una lección de humildad con su dignidad y su entereza. Si pudiera al menos ofrecerle algún consuelo...

–Iolanthe..., yo... –empezó a decir.

Pero se encontró con que no podía continuar porque no sabía cómo expresar con palabras lo que sentía, el sentimiento de culpabilidad e impotencia que lo embargaba.

Iolanthe debió de comprenderlo porque, cuando le puso las manos en los hombros y posó sus labios en los de ella, no lo rechazó, sino que aceptó aquel beso. Era tan agradable volver a besarla, pensó rodeándole la cintura con los brazos. Era como si su cuerpo hubiese estado ansiándolo todos esos años sin que él fuera consciente de ello.

Hizo el beso más profundo, y, cuando su mano subió por el camisón para cerrarse sobre uno de sus senos, Iolanthe gimió. La atrajo más hacia sí, y mientras seguían besándose como si no fuera a haber un mañana, Alekos sintió que jamás saciaría su sed de ella.

Bajó la mano de su seno a la cadera y empezó a levantarle el camisón; necesitaba sentir la piel de Iolanthe contra la suya. Cuando por fin notó sus senos apretados contra su torso, se excitó aún más, y se arqueó hacia ella, mientras ese deseo irrefrenable desterraba de su mente todo pensamiento racional.

–Alekos... –Iolanthe despegó sus labios de los de él y retrocedió–. No... no podemos hacer esto –le dijo jadeante, bajándose el camisón.

Él apoyó la espalda contra la pared. El corazón le palpitaba muy deprisa y los latidos resonaban en sus oídos. Y a ella, aunque estaba diciéndole que tenían que parar, se la veía tan acalorada como a él. Tenía las mejillas encendidas, los labios hinchados por sus besos, y sus ojos brillaban de deseo, ese deseo que había prendido en ellos tan deprisa como lo haría un montón de paja al que se le arrojase una cerilla.

–No puedes negar que me deseas tanto como yo a ti –le dijo.

–No lo niego –admitió ella–, pero eso no significa que sea el momento adecuado ni el lugar. Ni que... –se mordió el labio inferior–. Ni que debamos dejarnos llevar.

Alekos resopló con incredulidad.

–Iolanthe, nunca había sentido algo así con ninguna otra mujer. La química que hay entre nosotros es explosiva –alargó una mano hacia ella, anhelando poder acariciar una vez más su sedosa piel–. ¿Por qué deberíamos negarnos esto?

–Porque satisfacer nuestros deseos sexuales no lo es todo –le respondió ella con vehemencia–. Lo sé por propia experiencia: he pasado mucho tiempo sin sexo.

Aunque era lo último que querría saber, Alekos se encontró preguntándole:

–¿Callos y tú...?

Las mejillas de Iolanthe se tiñeron de rubor.

–No. Nunca tuvimos esa clase de relación.

–¿Nunca lo hicisteis? –Alekos se quedó mirándola con incredulidad antes de que una sonrisa boba se dibujara lentamente en su rostro.

Iolanthe se rio.

–Eres un cavernícola; no piensas más que en el sexo –lo increpó con humor–. Lukas no... Nunca me deseó. Ni yo sentí jamás deseo por él. Supongo que te llenará de satisfacción saber que eres el único hombre con el que lo he hecho.

–Me siento muy honrado –le dijo Alekos–, pero sí, no puedo negar que me alegra saberlo, porque no quiero que ningún otro sienta el placer que yo he sentido contigo.

–¿Y si yo te exigiera lo mismo? –lo desafió Iolanthe.

–Admito que en estos diez años por mi vida han pasado otras mujeres –reconoció él–, pero no tantas como veo que estás pensando.

–Lo que me imaginaba.

–Pero eso no significa que no sea capaz de comprometerme en una relación. Te seré fiel, Iolanthe –le aseguró Alekos–. Hemos perdido demasiado tiempo mirando al pasado, y yo quiero mirar hacia delante; quiero construir un futuro contigo. No voy a presionarte, pero tampoco voy a fingir que no te deseo. Quiero volver a besarte, a acariciarte. Con ninguna de las otras mujeres con las que he estado han saltado chispas como me ocurre cuando estamos juntos, y quiero revivir lo que sentí aquella noche contigo. Apenas puedo esperar para volver a hacerte el amor, y no me conformaré con una sola vez, ni con un aquí te pillo, aquí te mato.

Ella, que estaba mirándolo con los ojos muy abiertos, se humedeció los labios y tragó saliva.

–Eso... me ha quedado muy claro.

–Bien –respondió Alekos sin apartar sus ojos de los de ella–, porque no quiero que tengas ninguna duda a ese respecto.

El día siguiente amaneció radiante. Iolanthe, que seguía en la cama, disfrutando del sol que entraba por la ventana, sintió que la recorría un cosquilleo al recordar los besos que había compartido con Alekos la noche anterior y las cosas que le había dicho. Sus palabras la habían dejado tan aturdida como sus besos y sus caricias.

Se tumbó boca abajo, abrazándose a la almohada, y trató de ignorar la ráfaga de calor que afloró en su vientre al imaginarse a Alekos acariciándola de nuevo, recorriendo con sus manos cada centímetro de su cuerpo y llevándola a nuevas cotas de placer.

A través de la ventana abierta oyó un chapoteo y, agradecida por que algo la distrajera de aquellas fantasías calenturientas, se levantó de la cama para ir hasta la ventana.

Cuando se asomó, observó, sorprendida y complacida, que Niko estaba con Alekos en la piscina. Era tan raro ver a Niko relacionarse con otras personas, y más cuando era alguien a quien no conocía bien, que aquello le dio esperanza. Tal vez fuera una señal de las cosas buenas que estaban por llegar.

Apoyó los codos en el alféizar y se quedó observándolos un rato. Niko estaba sentado al borde de la piscina, con el agua mojándole los pies. Alekos había echado al agua un par de juguetes inflables y estaba sentado cerca de él, con las piernas dentro del agua.

Al ver su torso desnudo y bronceado, una nueva oleada de calor la invadió. Tenía una forma física impresionante, pensó fijándose en sus marcados abdominales y sus fuertes muslos. ¿Cómo podría seguir resistiéndose a él cuando sentía esa atracción irrefrenable? ¿Y por qué debería hacerlo?

Quizá el sexo podría ser el comienzo para una relación de verdad, pensó. Solo que Alekos no le ofrecía nada aparte del sexo, se recordó. Ni amor, ni tan siquiera afecto.

–¡Eh!

Iolanthe parpadeó, y vio que Alekos estaba llamándola y agitando el brazo.

–¿Por qué no bajas y te unes a nosotros? –le gritó sonriente.

Iolanthe sintió en el estómago un cosquilleo de nervios y felicidad ante la idea de pasar tiempo los tres juntos, como una familia.

–De acuerdo –contestó, y corrió a por su traje de baño.

Unos minutos después salía al patio, sintiéndose algo vergonzosa con su bañador que, aunque recatado, dejaba buena parte de su cuerpo al descubierto. Alekos no se apiadó de ella, y la hizo sonrojarse cuando llegó junto a ellos, recorriéndola con ojos hambrientos y una sonrisita en los labios.

–Te queda bien ese bañador –le dijo en voz baja para que Niko, que estaba chapoteando al otro lado de la piscina, no lo oyera–, pero me gustaría aún más verte en bikini.

–Probablemente no te gustarían las estrías que tengo –contestó ella, riéndose azorada.

Con haber dado a luz y el paso de los años, su cuerpo ya no era el de aquella chica de veinte años con la que había hecho el amor.

–Pues a mí me parece que las estrías pueden hacer más sexy a una mujer –dijo él con una sonrisa lobuna–.

Sobre todo cuando sabes, como yo, que aparecieron porque llevó en su vientre a un hijo tuyo –aprovechando que Niko estaba de espaldas a ellos, levantó el brazo para ponerle una mano en el estómago, y susurró–: Solo pensarlo me excita casi tanto como imaginarte embarazada de otro hijo mío.

–¡Alekos! –azorada, y para su sorpresa también excitada, Iolanthe se apartó–. Por favor...

–Ya te lo dije: no voy a fingir que no te deseo –respondió Alekos.

Ella sacudió la cabeza y se alejó entre las risas de él para colocar su toalla en una tumbona. Aunque una parte de ella ansiaba lanzarse de cabeza y dejarse llevar por la atracción que sentía, como proponía él, su lado más racional le decía que tenía que ir con cuidado; no podía dejar que le rompiera el corazón otra vez.

Capítulo 12

LA SEMANA pasó en un abrir y cerrar de ojos, y el silencio y el recelo de Niko fueron dando paso a una actitud un poco más confiada y abierta. Buena parte del tiempo seguía prefiriendo pasarlo solo, y a veces costaba sacarle las palabras, pero a ojos de Iolanthe su hijo estaba haciendo progresos, y eso la colmaba de dicha, una dicha que, aunque frágil, estaba teñida de esperanza.

A lo largo de toda la semana, Alekos había sido paciente, considerado y simpático con Niko, y había mostrado un interés sincero por ella. No estaba acostumbrada a que alguien la escuchase como si de verdad le interesase lo que tenía que decir, ni a gestos solícitos como que le abrieran la puerta o le acercaran la silla cuando iba a sentarse a la mesa.

Además, Alekos tenía un sorprendente sentido del humor, era capaz de reírse de sí mismo, y a ella la había hecho reír más esa semana de lo que se había reído en mucho, mucho tiempo.

Y luego, por supuesto, estaban sus besos. Fiel a su palabra, no la había presionado para llevársela a la cama, pero no perdía ocasión de besarla cuando estaban a solas. Eran besos que la hacían vibrar. Se sentía como la adolescente que nunca había podido ser, besándose a escondidas con él, sonriendo azorada... Se sentía libre y feliz.

Ese día, cuando acabaron de desayunar, Alekos le hizo un regalo inesperado. La llevó al estudio, y allí, sobre la mesa, se encontró con lo que parecía un arsenal de material artístico: un cuaderno de dibujo, carboncillos, una caja de ceras al pastel, otra de acuarelas, pinceles... Iolanthe se quedó mirándolos entre anonadada y extasiada.

–¿De dónde ha salido todo esto?

–De Naxos, una isla cerca de aquí. Fui ayer, mientras Niko y tú dormíais la siesta. Hay una tienda especializada.

Iolanthe tomó un pincel y acarició sus suaves cerdas con el pulgar.

–Pues debes de haber comprado la tienda entera.

–Más o menos –respondió Alekos con una sonrisa–. Quiero que mientras estés aquí te diviertas, que redescubras tus pasiones –sus ojos brillaron con humor y algo más, y añadió–: Todas tus pasiones.

–Empezaré por el dibujo –contestó ella sonrojándose. Le daba un poco de miedo sentirse así de feliz, albergar esperanzas. Había disfrutado muchísimo aquella semana, pero incluso en medio de toda esa dicha había habido momentos, cuando le preguntaba algo personal, en que Alekos se negaba a abrirse. Y eso hacía que se preguntase si de verdad solo tenía que ser paciente, o si no estaría persiguiendo un espejismo.

Esa mañana fueron a la playa, y ella se quedó sentada en la arena, dibujando bajo una sombrilla, mientras Niko y Alekos jugaban juntos en el mar.

En un momento dado, al levantar la mirada y ver a Alekos saliendo del mar, con el agua resbalando por su piel bruñida, las dudas que habían estado dando vueltas y vueltas en su mente, como buitres, se disiparon. Le sonrió, y lo devoró con los ojos mientras se dirigía hacia ella.

–Me gusta cuando me miras así –murmuró Alekos, tendiéndose junto a ella–. Me gusta mucho.

Con las mejillas encendidas, Iolanthe giró la cabeza para sonreír a Niko, que estaba acercándose también.

–¿Te estás divirtiendo, cariño? –le preguntó.

Su hijo, que llevaba en la mano un puñado de pequeñas conchas que había estado recogiendo en la orilla, se detuvo a un par de metros y asintió brevemente. Luego se sentó de espaldas a ellos, y se puso a formar dibujos con las conchas en la arena.

–Poco a poco –murmuró Alekos, guiñándole un ojo a Iolanthe.

Luego, girando la cabeza hacia el pequeño, lo llamó. Cuando este se giró, mirándolos receloso, le preguntó:

–¿Te apetece salir luego a navegar?

A Niko se le iluminó el rostro.

–¿En el yate?

–Mucho mejor: en un velero. Y podrás probar a manejar tú mismo el timón.

Pasaron la tarde navegando, disfrutando del sol y el mar, aunque como en el pequeño velero no podían tener intimidad, Iolanthe no tuvo apenas ocasión de hablar con Alekos, ni hubo ningún beso.

A cada día que pasaba estaba intentando reunir el valor suficiente para decirle que quería más que besos. El problema era que, al entregarle su cuerpo, estaría entregándole también su corazón.

Cuando regresaron, Niko, que estaba cansado del día, cenó pronto y se fue a la cama temprano. Iolanthe subió a arroparle, y se quedó sentada un rato en el borde de su cama, anhelando que el pequeño quisiese un beso o un abrazo.

–¿Eres feliz aquí, Niko? –le preguntó.

Él la miró vacilante.

–Sí. Pero... dentro de un par de semanas nos vamos, ¿no?

Sorprendida por su respuesta, Iolanthe se echó hacia atrás y le preguntó:

–¿Tú quieres irte?

Niko se encogió de hombros.

–No podemos quedarnos aquí para siempre.

No, no podían, pero ella desde luego no estaba deseando volver. Cuando regresaran a Atenas, todos los problemas que había dejado pendientes estarían esperándola, como los problemas económicos por los que estaban atravesando.

Casarse con Alekos los solucionaría, pero ese sería el último motivo por el que se casaría con él, o con cualquier otro hombre.

–¿Te cae bien Alekos? –le preguntó a Niko.

Su hijo volvió a mirarla con recelo y se encogió de hombros.

–Pues tú a él le caes muy bien, ¿sabes?

Niko volvió a encogerse de hombros.

–¿Por qué no le enseñas las aplicaciones que has hecho? Estoy segura de que le encantaría verlas.

Niko sacudió la cabeza de inmediato.

–No.

–Niko... –Iolanthe suspiró–. El que... el que a Lukas no le interesaran, no significa que a Alekos no le vayan a interesar.

Niko la miró con los ojos entornados.

–¿Te refieres a mi padre? ¿Por qué lo has llamado Lukas?

Iolanthe se mordió el labio inferior. La había traicionado el subconsciente.

–No lo sé. Lo que digo es que tal vez podrías intentarlo; no pierdes nada.

–No quiero.

Dos palabras que oía con demasiada frecuencia. Niko se acurrucó bajo la sábana hasta que solo quedaron visibles sus ojos ambarinos, como los de Alekos, y su pelo oscuro.

–¿Y si se las enseño y le parecen una birria? –preguntó con un hilo de voz.

A Iolanthe se le encogió el corazón.

–Eso no pasará –le aseguró–. Le encantarán.

–Eso no puedes saberlo –dijo Niko.

–No, pero... –Iolanthe vaciló–. Sí sé que le encantaría que se las enseñaras. Está muy orgulloso de ti.

–¿Orgulloso de mí? –repitió Niko con incredulidad y desdén–. ¡Si ni siquiera me conoce! Además, ¿quién se supone que es? ¿Y por qué hemos venido aquí?

Alekos y ella no habían hablado todavía de cuándo iban a decirle a Niko quién era en realidad, y en ese momento se dio cuenta de lo importante que era. Su hijo necesitaba saberlo.

–Hemos venido a relajarnos y a divertirnos –respondió, escogiendo con cuidado sus palabras–. Y porque Alekos, como te dije, es un amigo. Un buen amigo.

Niko la miró con suspicacia y le preguntó:

–¿Y por qué no he sabido nada de él hasta ahora?

Iolanthe lo miró sin saber qué decir. Con cada pregunta de Niko se sentía como si se estuviese adentrando en un laberinto, y dentro de poco no sabría por dónde escapar.

–Porque no se presentó la ocasión –respondió–. Pero... pero Alekos te cae bien, ¿no?

Su hijo frunció el ceño.

–Supongo.

–Vaya, una respuesta muy entusiasta –bromeó ella. Le apretó suavemente el hombro, en vez del abrazo y el beso que le gustaría poder darle pero que él no aceptaría–. Que duermas bien, cariño.

Cuando bajó las escaleras y salió al patio ya se veían las primeras estrellas en el cielo nocturno. Iolanthe inspiró profundamente y espiró despacio, disfrutando de la quietud y el silencio, roto solo por el suave sonido de las olas, a lo lejos.

Alekos ya estaba esperándola junto a la mesa, descorchando una botella. A lo largo de la semana habían adoptado la costumbre de compartir una copa allí, en el patio, después de cenar con Niko, o antes de una cena a solas un poco más tarde.

Se quedó observándolo mientras encendía un par de velas sobre la mesa y servía el vino. Tenía el cabello húmedo de la ducha que se había dado al llegar, y se había cambiado la camiseta y los pantalones cortos por una camisa blanca inmaculada y unos pantalones grises. ¿Por qué tenía que ser tan guapo?, se preguntó mientras iba hacia él.

–Niko ya está en la cama –le dijo.

Alekos le tendió una copa.

–¿Todo bien? –inquirió.

Iolanthe tomó un sorbo de vino.

–Sí, lo que pasa es que... bueno, me ha estado haciendo preguntas... sobre ti, y sobre qué relación tienes con nosotros.

Alekos se tensó de inmediato.

–¿Y qué le has dicho?

–Le he vuelto a decir que eres un amigo, un buen amigo, pero esto me ha hecho darme cuenta de que esa respuesta no será suficiente por mucho tiempo.

–Es un chico muy despierto, y sagaz –dijo Alekos con orgullo–. Y ya sabes cuál es la solución que yo sugeriría para ese dilema.

A Iolanthe le dio un vuelco el estómago.

–Casarnos. Lo antes posible –continuó Alekos con firmeza–. He tenido mucha paciencia, Iolanthe.

–Solo ha pasado una semana –le recordó ella, que se debatía entre la tentación y la cordura–. No es mucho tiempo.

–A mí no me lo parece.

–Supongo que para ti una semana es más que suficiente para cultivar una relación –le espetó con una punzada de celos–. Es a lo que estás acostumbrado, ¿no?

Alekos sacudió la cabeza.

–Ya te dije que ahora mismo no hay ninguna otra mujer en mi vida –le reiteró–. No aceptaré un «no» por respuesta, Iolanthe. Tenemos que pensar en Niko.

Iolanthe tragó saliva.

–Ya me vi forzada a casarme hace diez años, y no quiero volver a pasar por lo mismo. No quiero otro matrimonio frío y sin amor, Alekos. Quiero que mi vida sea algo más que eso.

Él se quedó mirándola, como vacilante.

–Creía que habías dicho que no es amor lo que buscas.

Iolanthe suspiró.

–Lo que no quiero es sentirme sola, casarme contigo y sentir que no hay sitio para mí a tu lado.

–No será así.

–Entonces, ¿cómo se supone que te imaginas tú un matrimonio entre nosotros? –le preguntó ella con cautela.

–Pues... como esta semana –respondió él–, pero mejor. Sobre todo por las noches.

A Iolanthe no se le escapó la insinuación implícita en sus palabras ni el calor de su mirada.

–¿De qué tienes miedo? –le preguntó él en voz baja.

–De muchas cosas –murmuró ella–. De tantas cosas...

–Pues dime cuáles son.

Alekos se quedó mirándola, como si estuviese retándola, pero había amabilidad en sus ojos. Iolanthe inspiró. Tenía que confiar; de eso se trataba todo aquello: de confiar.

–Tengo miedo de que Niko se enfade al saber la verdad –respondió con franqueza.

Era más fácil empezar por los problemas de su hijo en vez de por sus propios miedos.

–¿Por qué iba a enfadarse? ¿Porque el hombre que lo rechazaba no era su padre? ¿Porque su verdadero padre quiere estar a su lado y está deseando que sepa quién es?

Le temblaba la voz de la emoción, y ella se quedó mirándolo boquiabierta y con lágrimas en los ojos.

–¿Lo dices de verdad? –le preguntó en un susurro.

–Si no fuera así, no lo habría dicho.

–Tú... ¿quieres a Niko? Quiero decir... ahora que lo conoces, ¿y no solo porque es tu hijo?

Alekos vaciló y ella vio sorpresa en sus ojos. No estaba acostumbrado a la idea de querer a alguien.

–Sí –asintió con firmeza–. Lo quiero. Sé que aún es pronto, y que nos queda un largo camino por recorrer como familia, pero quiero a Niko, y quiero que forme parte de mi vida, y que tú formes parte de mi vida.

Iolanthe soltó una risa ahogada.

–No. Tú quieres a Niko, pero no tienes ningún interés en mí –replicó–. Solo me deseas.

–No quiero que hagamos esto más difícil de lo que tiene que ser –le dijo Alekos–. El amor entre una madre y su hijo, o entre un padre y su hijo, eso es algo natural, un hecho biológico.

–¿Y entre un hombre y una mujer? –le preguntó ella con voz trémula.

–No entiendo dónde quieres llegar con todo esto –dijo él tras una tensa pausa–. Ni qué es lo que quieres que diga.

–¿Sabes qué? Que yo tampoco lo sé –admitió ella, con una risa nerviosa que acabó en un suspiro de decepción–. Me siento... triste. He sobrevivido diez años a un matrimonio sin amor, y casi destruyó mi alma. No quiero volver a pasar por eso –repitió.

–Nuestro matrimonio no será así –insistió él.

–Lo que tú quieres no es un matrimonio –le espetó ella–. Me da igual que me desees, o que digas que no hay ninguna otra mujer en tu vida. Si no hay amor...

–No entiendo qué tiene que ver el amor aquí –la cortó Alekos–. Hablamos de esto y te pregunté expresamente y me dijiste que lo que buscabas no era amor. ¿Qué es lo que ha cambiado?

–Nada, es que...

Iolanthe se quedó mirándolo impotente. No quería explicarle qué era lo que había cambiado, que tal vez se estuviera enamorando de él. Sus sentimientos a él le daban igual, se lo había dejado bien claro. La quería en su cama, y quería ser parte de la vida de Niko. Para eso quería casarse con ella, y por más que le prometiera que jamás le haría daño, acabaría haciéndoselo si se casaba con él.

–Todavía estoy asimilando todo esto –le dijo finalmente–. Lo que conlleva. El matrimonio es un paso muy importante, Alekos, pero para ti parece que es algo muy simple.

–Me parece que como decisión, teniendo en cuenta lo que está en juego, es muy simple –respondió él. Suspiró y añadió–: Pero entiendo que tengas tus reservas. Y aunque te parezca impaciente, no es eso, es solo que.... –sus labios se curvaron en una sonrisa y dejó su copa sobre la mesa– no sabes cuánto te deseo.

Deseo, no amor. ¿Debería conformarse con eso? Alekos le rodeó la cintura con los brazos y, cuando la atrajo hacia sí, se encontró levantando la barbilla para que la besara. A pesar de todo, ella también lo deseaba. Tal vez debería conformarse y dejar el romanticismo para los cuentos de hadas.

Capítulo 13

DESPUÉS de desayunar, Alekos había tenido que subir al estudio a hacer unas llamadas, y, cuando terminó, bajó al patio, como le había pedido Iolanthe. Estaba allí sentada con Niko, que tenía su portátil abierto sobre la mesa, y estaban hablando. Se quedó junto a la puerta, haciendo como que consultaba algo en su móvil, para darles un momento antes de acercarse, y no pudo evitar ponerse a darle vueltas otra vez a la conversación que había tenido con Iolanthe la noche anterior. ¿A qué había venido todo eso del amor? Creía que estaban de acuerdo en que si se casaban iba a ser únicamente pensando en el bien de Niko.

Claro que, reconoció con cierta inquietud, en algún momento a lo largo de esa semana lo que él quería de esa unión había empezado a cambiar. Le gustaba la compañía de Iolanthe, charlar con ella... Y sí, se estaba encariñando con ella, pero eso no era amor. El amor era necesitar a otra persona para sentirse completo, para ser feliz.

Además, el amor podía acabar haciéndole a uno mucho daño, como le había pasado a él con su padre, que los había abandonado sin volver la vista atrás. No estaba dispuesto a entregarle a Iolanthe su corazón, pero sí su amistad. Incluso tendría su más absoluta lealtad. Pero su maltrecho corazón... eso jamás. Bastante había sufrido ya.

–Alekos... –lo llamó Iolanthe.

Alekos alzó la vista, y lo alivió ver una sonrisa en sus labios. Parecía relajada a pesar de su discusión de la noche anterior.

–Ven, Niko quiere enseñarte algo.

Él guardó el móvil en el bolsillo y fue con ellos. Niko no hacía más que rehuir su mirada, pero Alekos esperó pacientemente, sabiendo que su hijo necesitaba tiempo.

–Enséñale lo que has hecho, Niko –lo instó Iolanthe–. A Alekos le encantará.

–Si es algo que has hecho tú, seguro que sí –añadió Alekos, aunque no tenía ni idea de qué quería mostrarle.

El chico giró el portátil hacia él sin decir nada, para que pudiera ver la pantalla. Alekos bajó la vista, y le llevó unos segundos darse cuenta de que lo que estaba enseñándole era el complicado código de una aplicación para móvil. Sorprendido, miró a Niko.

–¿Tú has hecho esto?

Niko dio un respingo y agachó la cabeza.

–Sí –murmuró.

–¿Tú solo?

–Sí –volvió a murmurar Niko.

Alekos miró de nuevo el código, repasándolo anonadado.

–Pues es todo un logro que un chico de tu edad... –sacudió la cabeza, impresionado y emocionado–. Enséñame la aplicación; quiero verla en funcionamiento.

Una sonrisa tímida e incrédula iluminó el rostro de Niko, que se inclinó hacia delante y pulsó unas cuantas teclas. Alekos observaba la pantalla embobado, y de inmediato comprendió qué era lo que hacía la aplicación.

–¡Ah, ya lo veo! O sea, que tu aplicación ayuda al jugador, dándole pistas de cómo conseguir más puntos de poder... –dijo con admiración–. Es estupendo.

Niko asintió entusiasmado y Iolanthe se rio suavemente.

–Bueno, creo que voy a dejaros a los dos con vuestros zombis –dijo cediéndole el sitio a Alekos con un guiño y una sonrisa–. Si necesitáis algo estaré en la playa.

Él le devolvió la sonrisa antes de sentarse, y antes de que Iolanthe se diera la vuelta para alejarse, ya estaban los dos enfrascados en la pantalla, comentando con entusiasmo la aplicación de Niko.

Una hora después, Alekos fue en busca de Iolanthe y la encontró sentada en la playa.

–Niko es un portento –dijo sentándose a su lado–. Todas esas aplicaciones que ha hecho son increíbles –Alekos sacudió la cabeza maravillado, el orgullo era patente en su voz y en su rostro–. Ojalá me las hubiera enseñado antes.

–No se atrevía –murmuró Iolanthe–. Se las intentó enseñar una vez a Lukas y... no mostró ningún interés.

El rostro de Alekos se ensombreció, pero luego apretó la mandíbula y le dijo:

–Eso ya es pasado. Ahora las cosas son distintas. ¿Sabes qué voy a hacer? Le voy a proponer a Niko que, entre los dos, saquemos al mercado sus aplicaciones a través de mi compañía.

–Estoy segura de que le encantará la idea, pero... –Iolanthe vaciló. No quería estropear aquel momento tan feliz, pero sentía que tenía que decirle aquello a Alekos–. ¿Qué pasa con Petra Innovation?

La expresión de Alekos no cambió, pero a Iolanthe le pareció que de repente se había puesto tenso.

–¿A qué te refieres?

–Sabes lo mucho que significa para Niko y para mí. Mi padre levantó la compañía desde cero y...

Alekos soltó una risotada desagradable.

–¿Desde cero?

Iolanthe se echó hacia atrás, dolida por su tono, por su actitud.

–¿Es por eso que pasó hace años entre vosotros? –le preguntó–. ¿Por ese *software* que mi padre consiguió sacar al mercado antes que tú?

Alekos apartó la vista y se quedó mirando el mar con los ojos entornados.

–Olvidémonos del pasado, Iolanthe –murmuró. Luego se volvió hacia ella, y añadió de un modo tajante–: Niko es mi hijo y heredará Demetriou Tech, mi compañía.

–Pero Petra Innovation...

–No estoy dispuesto a discutir eso. Déjalo estar.

Su tono categórico llenó a Iolanthe de frustración y la silenció. Durante esa semana parecía que habían estado entendiéndose tan bien... pero parecía que, cuando se trataba de algo importante, o de algo importante para ella, Alekos se negaba a ceder ni un ápice.

Pero no podía amilanarse y dejar que hiciera lo que quisiera, se dijo. Tenía que ser valiente, dar un salto al vacío, por mucho que la asustase.

–Está bien –murmuró–. Lo dejaremos estar.

«Por ahora...».

Asomado a la ventana de su habitación, Alekos contemplaba, perdido en sus pensamientos, el atardecer. La conversación que había tenido con Iolanthe esa mañana lo había dejado contrariado. ¿Cómo podría explicarle a Iolanthe lo que había hecho su padre? Cabía la posibilidad de que ni siquiera lo creyese.

Habían llegado a una tregua, o eso esperaba, y durante el resto del día no habían vuelto a mencionar el asunto. En la cena con Niko habían conversado solo de cosas triviales y luego, aprovechando que Iolanthe había subido a arropar al pequeño, había decidido subir a su habitación y saltarse ese día el ritual que habían adquirido de tomarse después una copa con ella en el patio. Había pensado que sería lo mejor, pero se sentía desasosegado y confundido.

Cuando de pronto se oyeron un par de golpes suaves en la puerta, Alekos se tensó.

–Adelante.

La puerta se abrió y entró Iolanthe, que cerró en silencio tras de sí. Se había cambiado para la cena, y llevaba un minivestido de color lavanda. Aunque parecía algo incómoda, le brillaban los ojos como si hubiese ido allí con un propósito en mente.

–He bajado al patio después de acostar a Niko, pero he visto que no estabas –comentó–. ¿Quieres estar a solas?

–No –replicó él con voz ronca. Iolanthe estaba avanzando hacia él con un sutil contoneo y una sonrisa vacilante–. Pero pensé que a lo mejor tú sí.

–¿Yo? –dijo ella deteniéndose frente a él con aquella extraña sonrisa en los labios–. No.

Alekos tragó saliva.

–Entonces estaba equivocado.

Al inspirar, inhaló el sensual aroma de su perfume, y los latidos de su corazón se dispararon. Cuando Iolanthe le acarició la mejilla lentamente y le puso el pulgar en el labio inferior, comprendió lo que se proponía: estaba intentando seducirlo.

–Alekos... –murmuró, pero luego dudó. Podía ver en sus ojos lo nerviosa que estaba, y también se lo notaba en la voz–. Estoy lista –le susurró.

A Alekos le martilleaba el corazón contra las costillas. Iolanthe dio un paso más.

–Espero que sepas a qué me refiero –murmuró, mirándolo a los ojos.

–Lo sé –respondió él, aunque era lo último que habría esperado que pasase esa noche.

–Bueno, pues...

Iolanthe lo miró con las cejas enarcadas, claramente esperando que tomara él las riendas. Alekos estuvo a punto de hacerlo, pero un impulso travieso se apoderó de él. Enarcó las cejas, como ella, y le dijo:

–¿Y bien?

–Creía que... –Iolanthe se mordió el labio inferior, insegura.

Alekos enganchó los pulgares en las trabillas del pantalón y esbozó una sonrisa burlona.

–Creía que ibas a ser tú quien mandase.

Ella lo miró con los ojos muy abiertos.

–Pero...

–Pero ¿qué? –le espetó él–. Eres tú quien ha venido a seducirme –extendió los brazos, divertido, y le dijo–: Adelante, sedúceme.

Ella se rio vergonzosa.

–Alekos, solo he tenido una experiencia sexual, contigo, y como sabes de eso hace diez años. ¿De verdad crees que puedo seducirte?

Él la tomó de la mano, entrelazando sus dedos con los de ella y la atrajo hacia sí hasta que sus cuerpos quedaron pegados el uno al otro.

–Esa experiencia sexual me marcó de por vida –murmuró–. No he tenido otra igual desde entonces. Venga, sedúceme.

Ella volvió a reírse, pero se puso de puntillas y rozó sus labios contra los de él.

–Si insistes... –susurró.

Era evidente que seguía esperando que tomase las riendas, y le estaba costando resistirse, pero en vez de eso permaneció quieto, reprimiendo a duras penas una sonrisita.

–Alekos... –protestó ella con un mohín.

–Vamos, puedes hacerlo mejor.

Ella parecía preocupada, pero de pronto lo miró muy resuelta y sus labios se curvaron en una sonrisa muy sensual.

–Puede que sí –murmuró, y lo besó.

Iolanthe no se había esperado aquello, no se había esperado que Alekos le cediera el control, que le pidiera que fuera ella quien tomase la iniciativa. La idea, para su sorpresa, la excitaba. Los diez largos años que habían pasado tras su primera vez parecían haber provocado en su interior un torbellino de deseo, y por fin podía liberarlo y además decidir lo que quería y cómo quería que fuese.

–Creía que no te gustaba ceder el control –provocó a Alekos.

–Depende. Cuando la ocasión lo merece, no me importa.

Iolanthe se preguntó por dónde debía empezar, cómo seducir a un hombre como Alekos: carismático, atractivo, seguro de sí mismo...

–Estoy esperando –la picó él.

Una sonrisa traviesa asomó a los labios de Iolanthe. Lo que tenía que hacer era ser más atrevida, decidió.

–Esto fuera –dijo tirándole de la camiseta.

Alekos levantó los brazos muy obediente, y ella se puso de puntillas para quitarle la camiseta. Había visto su torso desnudo varias veces a lo largo de esa semana, cuando habían ido a nadar y a navegar, pero no lo había tocado. Dejó que sus manos se deslizasen por la piel de Alekos, deteniéndose para explorar los músculos pectorales, que parecían esculpidos, y luego descendieron hasta los abdominales, que se tensaron.

Alekos resopló con los dientes apretados.

–Hasta ahora no vas mal –dijo.

Ella sonrió, alentada por sus palabras.

–Pues esto no ha hecho más que empezar.

Sin embargo, a pesar de esa bravata, la verdad era que no estaba muy segura de cómo continuar. Subió los dedos por el pecho de Alekos para darse tiempo para pensar. Le encantaba el tacto de su piel, y el modo en que sus músculos se contraían con cada una de sus caricias.

–Esto es una tortura –protestó Alekos con voz ronca.

Las manos de Iolanthe se detuvieron.

–¿Lo es? –inquirió insegura. Pero de repente una sensación de poder la invadió, y deslizó las manos lentamente hasta la cinturilla de sus pantalones–. ¿Y eso es malo? –inquirió con picardía.

Los dedos solo le temblaban un poco cuando le desabrochó el cinturón. Luego hizo lo mismo con el botón de los pantalones y al bajarle la cremallera le dio un vuelco el estómago, producto de los nervios y el deseo.

Alekos se quitó los pantalones y señalándola con un movimiento de cabeza, le preguntó:

–No voy a ser yo el único que se desnude, ¿no?

–No, claro que no... –balbució ella.

Pero, cuando intentó bajar la cremallera que tenía su vestido en la espalda, estaba tan nerviosa que no había manera. Alekos, divertido, la hizo girarse y de un suave tirón solucionó el problema. Luego le bajó el vestido hasta la cintura, y al poco notó sus manos en la espalda, desabrochándole el enganche del sujetador.

–Creía que quien mandaba era yo –le recordó.

–Solo estoy ayudándote un poco –murmuró Alekos–. Si vamos más despacio, acabaré por explotar –añadió, y la besó en la nuca, haciéndola estremecerse.

Iolanthe se echó hacia atrás para apoyarse en él, y suspiró de placer cuando Alekos cerró las manos sobre sus pechos para luego deshacerse del sujetador de encaje que los cubría.

–No sabes cuántas veces he fantaseado con esto todos estos días –murmuró, frotándole los pezones con los pulgares–. Una y otra vez –susurró empujando sus caderas contra las nalgas de ella.

–Yo también... –susurró Iolanthe.

Cada vez que Alekos movía las caderas, la recorría un cosquilleo de excitación, y al poco ya no estaba segura de poder seguir mucho más con aquellos eróticos juegos preliminares. Lo deseaba demasiado.

Se volvió, le echó los brazos al cuello, y se puso de puntillas, apretándose contra él.

–Bésame, Alekos –le suplicó–. Como si te fuera la vida en ello.

Aunque no pudiera tener su amor, necesitaba sentir su pasión; desesperadamente. Alekos no se hizo de rogar y más que besarla devoró su boca, enroscando su lengua con la de ella, y le puso tanta pasión que Iolanthe se estremeció de placer de la cabeza a los pies.

Alekos la llevó hacia la cama, y cayeron sobre el colchón, él a horcajadas sobre ella sin que sus labios se despegaran ni un instante.

La sensación de su miembro erecto contra su vientre y de sus senos aplastados por su tórax musculoso era exquisita, abrumadora... pero no era suficiente, pensó, arqueándose ansiosa hacia él.

Cuando Alekos deslizó una mano entre sus muslos y la tocó, un grito ahogado escapó de su garganta. Se sentía como si llevase diez años en un profundo letargo y él la estuviera despertando con cada caricia.

–Alekos... –gimoteó, llena de frustración cuando apartó su mano. Quería que siguiera tocándola.

Pero, cuando él se colocó sobre ella y la penetró por fin, suspiró de alivio. Eso era lo que necesitaba.

–¿Todo bien? –le preguntó Alekos.

–Mejor que bien.

Era una sensación extraña volver a tenerlo dentro de sí después de tanto tiempo. Extraña, pero a la vez maravillosa. Notó cómo su cuerpo se acomodaba a él, y cuando Alekos empezó a moverse lo imitó, disfrutando de cada oleada de placer hasta que llegó al clímax con un grito, rodeándolo con brazos y piernas, apretándolo aún más contra sí.

Alekos se derrumbó sobre ella con un profundo suspiro de satisfacción, y cuando hubo recobrado el aliento se incorporó un poco, apoyándose en la brazo, para apartarle un mechón de pelo de la mejilla y besar sus labios con una dulzura conmovedora.

Las palabras «te quiero» casi cruzaron los labios de Iolanthe. Antes de subir a la habitación de Alekos se había recordado severamente que no iba allí en busca de amor, se había dicho que se conformaría con lo que Alekos le había ofrecido, con lo que ya tenían, pero parecía que su corazón no lo había entendido.

No habría tenido sentido pronunciar esas palabras, se dijo cuando Alekos se quitó de encima de ella. Aquello era lo que había elegido y era más de lo que había tenido hasta entonces.

Alekos se volvió hacia ella y le dijo sonriente:

–Ha sido increíble.

Una sensación de alivio teñida de decepción invadió a Iolanthe.

–Ya lo creo –asintió, forzando una sonrisa.

Alekos se levantó de la cama y se agachó para recoger sus boxers del suelo. Parecía que habían terminado, pensó Iolanthe mientras Alekos se ponía los boxers de espaldas a ella. Se levantó también, y estaba a punto de ponerse su vestido cuando Alekos se dio la vuelta y la miró con el ceño fruncido.

–Espera, no...

–¿Qué? –inquirió ella contrariada.

–No pretendía... –Alekos se pasó una mano por el pelo–. No hace falta que te vistas; no quiero que te vayas.

–¿Quieres... que me quede?

–Pues claro que quiero –respondió él, atrayéndola hacia sí–. Y, a ser posible, toda la noche.

Aunque sus palabras la hicieron muy feliz, Iolanthe vaciló.

–Pero es que Niko...

–Lo sé –la interrumpió Alekos, llevándola de nuevo a la cama con él–. Puedes volver a tu habitación antes de que amanezca –le susurró. Cuando se hubieron tumbado, el calor de su cuerpo hizo que Iolanthe empezara a relajarse–. Pero ahora... quédate conmigo; no te vayas.

Aquel ruego sonó extraño, vacilante, como si Alekos no se sintiera cómodo diciéndole aquello, y Iolanthe se entristeció.

–De acuerdo –murmuró acurrucándose entre sus brazos–. Me quedaré.

Se quedaría tanto tiempo como él quisiera.

Capítulo 14

TENGO que atender un asunto importante en Atenas; me temo que tendremos que volver antes de lo previsto.

A Iolanthe se le cayó el alma a los pies al oír a Alekos decir eso, pero se esforzó por no exteriorizar su decepción. Tendría que habérselo imaginado. Alekos era un hombre de negocios, y tenía asuntos de los que ocuparse. Y lo cierto era que ella también. Llevaban dos semanas en la isla, y aunque no quería que aquellas idílicas vacaciones terminasen, antes o después iban a tener que volver a la vida real.

–¿Cuándo? –inquirió, intentando que su voz sonara despreocupada.

Durante toda la semana se había sentido como si estuviese dentro de un sueño. ¿Qué pasaría cuando regresaran a Atenas?

–Deberíamos irnos mañana –respondió Alekos–. Ha surgido un problema que tengo que solucionar con urgencia.

–Mañana...

Melancólica, Iolanthe volvió la vista hacia el mar, tras cuyas aguas resplandecientes ya se estaba ocultando el sol.

Estaban sentados en el patio, tomando té con hielo mientras Niko se daba un último chapuzón en la piscina. Ella estaba relajada y agradablemente cansada tras una noche de pasión y un divertido día navegando en el velero, pero la idea de regresar a Atenas hizo que de repente se sintiera tensa y llena de ansiedad.

–Debería habértelo dicho antes –murmuró Alekos–. Podríamos haber preparado a Niko.

–No pasa nada –contestó ella, encogiéndose de hombros.

–Por cierto, la semana que viene tengo que ir a Nueva York –añadió Alekos–, y me gustaría que vinieras conmigo.

Nueva York... Lo que siempre había soñado... Pasear por Greenwich Village, dibujar en Central Park... Pero no podía hacer eso, no podía irse con él.

–Pero es que Niko tiene que retomar sus clases. Y no quiero que se agobie, no sé si es buena idea llevarlo a la otra punta del globo...

–No estaba hablando de llevar a Niko; sería un viaje que haríamos los dos solos.

A Iolanthe se le cortó el aliento.

–¿Cómo?

Alekos se inclinó hacia ella.

–¿Alguna vez has estado unos días lejos de Niko? Estudia en casa, con su tutor, y tú apenas sales y toda tu vida gira en torno a él. No es sano que...

–Intento ser una buena madre –le espetó Iolanthe, dolida por sus palabras–. Creía que lo entenderías.

–Y lo entiendo –le aseguró él–. Pero no es sano que vivas enclaustrada. Tienes que tener tu propia vida, tus intereses... Necesitas tiempo para ti; necesitamos tiempo para nosotros.

–Hemos pasado mucho tiempo juntos y a solas esta semana –replicó ella.

–No me refería al sexo –contestó Alekos–. Me refería a pasar tiempo juntos, como pareja.

Iolanthe se rio.

–No me puedo creer que tú precisamente estés pontificando sobre cómo debe ser una relación.

Él esbozó una media sonrisa a modo de disculpa.

–Podrías tomarlo como una señal de lo mucho que quiero que esto... que lo nuestro funcione.

Iolanthe se había quedado sin palabras. Era lo que ella quería, aunque tenía demasiado miedo como para albergar esperanzas, para atreverse a soñar. Sin embargo, Alekos no estaba prometiéndole amor, se recordó.

Durante esa segunda semana había tenido mucho cuidado de no sacar ningún tema que pudiera incomodar a Alekos: nada de hablar de sentimientos, nada de preguntas personales... Mientras había hecho equilibrios en esa cuerda floja todo había ido bien, pero... ¿qué pasaría cuando diera un traspié?

–¿Y qué haría con Niko? –le preguntó, más que nada para ganar tiempo y poder pensar.

–Tienes a tu empleada del hogar; ¿no podría ocuparse de él unos días? Solo serían dos noches.

Dos noches... Tenía una oportunidad de pasar tiempo a solas con el hombre del que se había enamorado. Y era él quien estaba proponiéndoselo. «Confórmate con eso, Iolanthe. No seas avariciosa».

–De acuerdo –murmuró, y Alekos sonrió, satisfecho.

Una semana después, Iolanthe y Alekos iban a bordo de un avión rumbo a Nueva York sentados en primera clase. Como Iolanthe parecía algo tensa, le pidió un par de copas de champán a la azafata, y trató de convencerla de que Niko estaría bien y de que aquella era una oportunidad para que su hijo aprendiera a ser independiente.

Tenía en la maleta un anillo que quería darle esa noche, cuando cenasen en el restaurante en el que había reservado mesa, uno de los más exclusivos de la ciudad. Tenía la esperanza de que una proposición de matrimonio formal y romántica disiparía sus dudas.

En cuanto aterrizaron en el aeropuerto JFK subieron a la limusina que estaba esperándolos, y disfrutó viendo a Iolanthe disfrutar de aquel lujo, riéndose y sacudiendo la cabeza mientras le servía otra copa de champán.

–Me siento como una estrella de cine –bromeó.

–Así es como quiero que te sientas.

–¿Es así como te sientes tú? –Iolanthe se puso seria de repente y le dijo–: ¿Sabes?, no tienes que impresionarme. Al menos, no con lujos como este. Lo que me impresiona de verdad es lo paciente y considerado que has sido con Niko y conmigo. Por eso me he ena... –se quedó callada de repente, y él se tensó al comprender lo que había estado a punto de decir–. Vamos, que por eso me siento tan cómoda contigo –se corrigió Iolanthe atropelladamente, antes de girar la cabeza hacia la ventanilla–. Eso que se ve allí... ¿es el Empire State? –preguntó señalando.

–No, es el edificio Harlem River Park Tower –le explicó él distraídamente–. El Empire State es mucho más alto.

«Por eso me he enamorado de ti»... Eso era lo que Iolanthe había estado a punto de decir. Mientras ella seguía mirando por la ventanilla, Alekos intentó desentrañar cómo se sentía con respecto a aquella declaración que Iolanthe había estado a punto de hacerle. Amor... Le había dicho que el amor no era algo que le interesara. Cuando le había propuesto que se casaran, su idea era la de un matrimonio de conveniencia y de placer, pero el amor nunca había formado parte de la ecuación.

La idea de amar a alguien hacía que se le encogiese el estómago al recordar lo contrariado que se había sentido cuando su padre los había dejado, el terrible dolor que había experimentado cuando murió su madre y los separaron a sus hermanos y a él.

Y Talos Petrakis... Petrakis había sido una especie de figura paterna para él. Había confiado en él, lo había admirado..., había sentido aprecio por él. Y no quería volver a sentirse tan desesperado, tan dolido como se había sentido, víctima de sus emociones, cuando lo había traicionado.

Claro que... ¿por qué habría de hacerle daño querer a Iolanthe?, se preguntó. Apuró su copa de champán y prefirió dejar esa pregunta en el aire.

Por suerte los dos se relajaron durante el trayecto hasta el hotel, y cuando entraron en la suite del ático que había reservado, con vistas a Central Park, volvía a ser él mismo. En cuanto el botones se hubo marchado se volvió hacia Iolanthe, la atrajo hacia sí, y la besó con pasión.

–Hora de estrenar la cama –le dijo.

Ella se rio cuando la alzó en volandas y la llevó hasta allí.

–Yo quería ver el Empire State... –protestó, aunque solo de boquilla, mientras él le bajaba la cremallera del vestido.

–Y lo verás... luego.

–Y pasear por Greenwich Village, y... –Iolanthe se quedó callada y suspiró cuando Alekos, que le había bajado el vestido hasta la cintura, inclinó la cabeza para besar uno de sus senos–. Pero ya lo haremos luego –asintió, alargando las manos para desabrocharle la camisa.

–Por supuesto –le prometió Alekos antes de besarla de nuevo.

Pero en ese momento tenían cosas más importantes que hacer.

Varias horas después, Iolanthe observaba la ciudad iluminada, de pie junto al ventanal, mientras Alekos terminaba de vestirse. Estaba deliciosamente cansada después de pasarse la tarde haciendo el amor con Alekos. No habían ido al Empire State, pero tampoco le importaba demasiado.

Podía ser feliz con lo que Alekos le ofrecía, se dijo. Quizás podría vivir sin amor si tenía todo lo demás que él le había prometido: confianza mutua, afecto, lealtad... ¿Qué era el amor comparado con todo eso? Desde luego era más de lo que había tenido en sus años de matrimonio con Lukas.

Alekos apareció detrás de ella y le puso las manos en los hombros.

–¿Disfrutando de la vista?

–Sí, es increíble –dijo Iolanthe aunque, abstraída como había estado en sus pensamientos, apenas se había fijado.

Alekos la besó en la nuca, haciéndola estremecerse.

–Me gustaría poder ver algo de la ciudad antes de que volvamos a Grecia –dijo volviéndose hacia él.

–Y yo estoy deseando enseñártela –contestó Alekos.

La tomó de la mano y abandonaron la suite. Cuando salieron del hotel la limusina estaba esperándolos, y se propuso disfrutar de la velada y dejar de preocuparse.

El restaurante al que Alekos la llevó era increíblemente chic, con ventanales que iban del suelo al techo y espectaculares vistas de la ciudad. Apenas acababan de pedir y les habían servido el champán, cuando Alekos se levantó y, dejándola boquiabierta, hincó una rodilla en el suelo, junto a ella.

–¿Qué...? –murmuró aturdida.

Sabía que aquello tenía que ser lo que se estaba imaginando, pero no se podía creer que estuviera ocurriendo. Alekos se sacó una cajita de terciopelo negro del bolsillo y la abrió. Dentro había un espectacular anillo.

–Iolanthe, estas últimas semanas en tu compañía han sido increíbles –le dijo en un tono sincero, mirándola a los ojos–. Quiero pasar el resto de mi vida contigo y con nuestro hijo. ¿Querrás casarte conmigo?

–Creía que ya me lo habías propuesto –bromeó ella, mirando admirada el precioso anillo.

–Como tú me dijiste, aquello no fue una proposición; no fue nada romántico.

Ella lo miró, vacilante.

–¿Y ahora quieres ser romántico? –inquirió.

–Quería hacerlo bien, como te mereces –respondió él.

Una respuesta muy hábil, pero no la que Iolanthe, aunque feliz por aquella sorpresa, quería oír.

–Bueno, ¿no vas a probarte el anillo?

Ni siquiera había esperado a que le diera una respuesta, observó decepcionada, pero luego se dijo que no podía ser tan puntillosa. Alekos era un hombre increíble. Era estupendo con Niko y, además, estaba enamorada de él. Estaba enamorada de él... No estaba muy segura de si ese debería ser un motivo para aceptar su proposición... o para rechazarla.

–¿Iolanthe?

Había un ligero matiz de impaciencia en la voz de Alekos, que sacó el anillo de la caja y, dejando esta sobre la mesa, tendió hacia ella la mano libre en una orden muda.

Sin decir nada, Iolanthe extendió su mano para que pudiera ponerle el anillo. Tragó saliva. Ni siquiera sabía lo que sentía Alekos...

–Perfecto –murmuró él satisfecho, y ella esbozó una débil sonrisa. Alekos volvió a sentarse y, cuando levantó su copa para brindar, ella hizo lo mismo–. Por nosotros.

–Por nosotros –repitió ella, y brindaron.

Parecía que acababa de aceptar casarse con él, pensó mientras bebía. Pero su inquietud empezó a disiparse mientras avanzaba la velada gracias a las atenciones de Alekos y sus intentos por autoconvencerse de que aquello era lo correcto. Era lo mejor para Niko, lo mejor para ella. Podía ser feliz junto a Alekos; estaba segura de que podía serlo.

Y, cuando estuvieron de nuevo en su suite del hotel y él la atrajo hacia sí, todas las dudas, todos los miedos, se le olvidaron. Entre sus brazos, con sus labios acariciando sensualmente los suyos, nada más parecía importante.

A la mañana siguiente aún estaba bajo el efecto relajante de aquella noche de pasión. Alekos acababa de ir a ducharse, y ella seguía en la cama, adormecida y feliz. Levantó la mano para mirar su anillo de compromiso, y un cosquilleo de dicha la recorrió. Estaba pasando de verdad; no era un sueño.

En ese momento le llegó un mensaje al móvil, y alargó la mano hacia la mesilla para tomarlo, preguntándose si sería de Niko. Había hablado con él por la noche, antes de que salieran a cenar, y parecía contento. Pero el mensaje no era de su hijo, sino de Amara: *Por favor, llama cuando leas esto. Niko está frenético.*

Iolanthe se quedó mirando la pantalla aturdida y la recorrió un escalofrío. Se incorporó como impulsada por un resorte y, con el corazón martilleándole en el pecho, pulsó en sus contactos para llamar a casa. Cuando Amara contestó al otro lado de la línea, le preguntó llena de ansiedad:

–¿Qué ha ocurrido?, ¿está bien Niko?

–¿No has visto las noticias?

Iolanthe miró el enorme televisor de pantalla plana que no habían encendido para nada desde su llegada.

–No. ¿Por qué...?

–Lo ha hecho: Demetriou ha cerrado la compañía de tu padre.

Capítulo 15

ALEKOS no podía dejar de sonreír mientras se secaba el pelo con una toalla, y de pronto se dio cuenta de que estaba tarareando una canción. Se sentía feliz. La noche anterior todo había salido a la perfección, de acuerdo a sus planes: Iolanthe y él se iban a casar.

Así se hacía, se dijo, colgándose la toalla del cuello antes de abrir el grifo para afeitarse. Sí, así era como debía ser una relación: sin los peligros de implicarse demasiado emocionalmente; solo placer, confianza mutua y compromiso.

Sentía afecto por Iolanthe, de eso no había duda. Y ella sentía afecto por él. Quizá hasta pensaba que lo amaba, pero él sabía que el amor no era más que un problema, una debilidad, exponerse a acabar con el corazón roto.

Aún estaba canturreando cuando salió del baño, pero se paró en seco y se quedó callado al ver que Iolanthe ya no estaba en la cama, desnuda y adormilada, como la había dejado, y como esperaba encontrarla, sino de pie en medio de la habitación, vestida y con los puños apretados.

–Iolanthe, ¿qué...?

–¿Por qué lo has hecho? –le preguntó enfadada–. ¿Cómo has podido, Alekos? Después de todo lo que... después de... –sacudió la cabeza y se quitó el anillo.

–¿Qué demonios...?

–Tengo que decir –murmuró Iolanthe con el anillo apretado en su puño cerrado– que no podías haber elegido peor el momento. Si hubieras tenido un poco de cabeza, habrías anunciado el cierre después de que nos hubiéramos casado. Así te habrías asegurado de que no tuviera escapatoria.

–No tengo ni idea de qué estás hablando.

Iolanthe soltó una risotada incrédula.

–¿Eres capaz de decir eso como si nada, cuando durante todo este tiempo tu intención era... era...?

Se le quebró la voz, y él fue hacia ella con los brazos extendidos, pero Iolanthe se apartó a un lado.

–No me toques –le espetó. Luego, temblorosa, le tendió el anillo–. Se acabó, Alekos.

–Nada de eso. No hasta que me digas qué diablos está pasando. Hace veinte minutos hemos hecho el amor... ¿y cuando salgo de la ducha me encuentro esto? ¿Qué es lo que te pasa?

Ella, que estaba pálida, se quedó mirándolo espantada.

–¿De verdad no lo sabes? ¿Tan arrogante eres? ¿Creíste que no me importaría?

–A lo mejor si me das una pista sabré de qué estás hablando –contestó él con impaciencia.

Sin embargo, en cuanto esas palabras cruzaron sus labios, tuvo el presentimiento de que sí sabía de qué estaba hablando. Probablemente saldría en las noticias esa mañana, y podía ser que Iolanthe hubiera encendido el televisor y lo hubiera visto.

–La compañía de mi padre –dijo ella, confirmando sus sospechas–. De eso es de lo que estoy hablando. La has cerrado, y has dejado que Niko y yo nos enteremos por las noticias –en sus ojos había odio y dolor–. ¿Cómo has podido? ¿Cómo has podido hacerle eso a tu hijo, sabiendo lo mucho que significaba para él la compañía?

Alekos contrajo el rostro.

–Iolanthe, entiendo que estés enfadada –le dijo, levantando las manos para aplacarla–. Pero, por favor, hablemos de esto como personas razonables...

–Ya, lo que significa que intentarás convencerme de que lo que has hecho está bien –le espetó ella–. Respóndeme a esto: ¿Alguna vez te planteaste siquiera, cuando te lo pedí, no cerrar la compañía? –le preguntó con lágrimas en los ojos.

Alekos la miró, avergonzado, y fue incapaz de contestar. Iolanthe asintió despacio, y una lágrima rodó por su mejilla.

–Lo sabía –murmuró, y arrojó el anillo sobre la cama.

Cuando Alekos la vio darse la vuelta para marcharse, fue tras ella.

–Iolanthe, espera –le suplicó, asiéndola por el brazo.

Ella se soltó y se volvió hacia él con ojos relampagueantes.

–Te he dicho que no me toques.

–¿Dónde vas? No conoces esta ciudad.

–A cualquier sitio donde pueda estar lejos de ti –le espetó ella.

Y se fue dando un portazo y dejando a Alekos aturdido, sin saber qué hacer.

Iolanthe salió del hotel y caminó con furia unos veinte minutos antes de aminorar el paso y detenerse con un suspiro cansado. ¿Qué estaba haciendo? Tenía que volver al hotel, hacer la maleta, sacar un billete de vuelta y regresar a Grecia.

Cuando había hablado con Amara por teléfono le había dicho que Niko había visto las noticias en Internet y que le había dado una crisis de ansiedad. Se le revolvía el estómago solo de pensar que su hijo estaba pasándolo mal y ella estaba a miles de kilómetros.

Y todo por culpa de Alekos. Inspiró temblorosa y la ira empezó a apoderarse de nuevo de ella. Se sentía dolida y traicionada. ¿Cómo había podido? ¿Y cómo había podido ser ella tan estúpida como para enamorarse de él?

No era el momento de lamentarse. En ese momento lo único que importaba era Niko. Se irguió, resuelta, y se dio media vuelta para volver al hotel.

Al llegar se detuvo en el vestíbulo para preguntarle al conserje si podría reservarle un vuelo a Atenas para aquella tarde. Luego tomó el ascensor para enfrentarse a Alekos y decirle adiós.

¿Estaría reaccionando de forma desproporcionada?, se preguntó mientras pulsaba el botón del ático. No, se respondió enfadada consigo misma por dudar así. Alekos ni siquiera se había disculpado, ni le había ofrecido explicación alguna.

Entró en la suite decidida a decirle a Alekos lo que pensaba de él, hacer la maleta y marcharse, pero dentro reinaba un silencio absoluto, y cuando cruzó el umbral del dormitorio se paró en seco al ver a Alekos sentado al borde de la cama con los hombros caídos y la cabeza entre las manos.

–Alekos... ¿Qué...?

Él levantó la cabeza y la miró aturdido. Tenía los ojos rojos y parpadeó varias veces, como si no pudiera creerse que estaba allí, frente a él.

–Creía que te habías ido... para siempre.

Parecía tan desolado que Iolanthe casi estuvo a punto de compadecerse de él, de correr junto a él, abrazarle y olvidarse de todo. Pero no se trataba solo de la compañía de su padre; se trataba de ellos, de lo que ella esperaba de un hombre, de un matrimonio... y Alekos no estaba preparado para dárselo.

–Solo he vuelto a recoger mis cosas.

Él dio un respingo, como si lo hubiese golpeado, y ella volvió a sentir el impulso de ir a consolarlo. Pero lo reprimió y él no dijo nada más, así que pasó junto a él para ir hasta su maleta.

Iba a dejarla marchar. Era tan tonta que quería que luchara por ella, por los dos. Quería que se explicara, que se disculpara... cualquier cosa. Bastaría con tan poco... Pero Alekos permaneció callado.

Claro que, pensó Iolanthe de repente, si ella no estaba dispuesta a luchar por ellos, ¿cómo podía esperar que lo hiciese él? Fue entonces cuando se dio cuenta, entristecida, de que en toda su vida jamás había luchado por nada. No se había enfrentado a su padre, se había casado obligada con un hombre al que no amaba...

Quería ser fuerte, y hasta ese momento había estado convencida de que lo que haría una mujer fuerte sería recoger sus cosas y marcharse, pero... ¿y si no fuera así? ¿No debería quedarse y luchar, y no solo por ella, o por los dos, sino por ellos y por Niko, por la familia que podrían llegar a ser?

Inspiró profundamente y se dio la vuelta. Alekos seguía en el mismo sitio, en la misma actitud derrotada.

–Alekos –lo llamó–. Alekos, háblame.

Alekos ni siquiera la miró cuando contestó.

–¿Qué se supone que debo decir?

–Dime por qué estabas tan empeñado en destruir la empresa de mi padre.

Nada más pronunciar esas palabras supo que tenía que haber algo más, algo que no se podía imaginar. Cuando él había lanzado acusaciones veladas contra su padre, nunca había insistido para que se lo contara.

–Porque nunca has considerado otras opciones aparte de cerrarla, ¿no es así? –le preguntó en un tono quedo–. Ni siquiera por Niko –murmuró dolida.

–Niko es mi hijo –le espetó él con fiereza, levantando la cabeza para mirarla. Sus ojos relampagueaban–. Mi hijo. ¿Por qué iba a dejar que tu padre me quitase nada más?

El odio que rezumaban sus palabras sacudió a Iolanthe.

–Alekos... ¿de qué estás hablando? No entiendo...

Él apretó los labios.

–Quizá es que no quieres entenderlo –le espetó levantándose de la cama y le dio la espalda para empezar a vestirse.

–¿Qué es lo que no me has contado?

–Nada –respondió él con aspereza, aún de espaldas a ella.

Iolanthe no se lo creía.

–Cuéntamelo, Alekos. Necesito saberlo. Hazlo por mí, por Niko.

Él continuó callado.

–Niko está destrozado –le dijo Iolanthe–. Le caías bien, confiaba en ti... Y de repente lee en Internet que tú, la persona a la que acaba de dejar entrar en su vida, le ha arrebatado algo que era lo más importante para él.

–¡Pues no debería serlo! –casi rugió Alekos, volviéndose hacia ella–. No debería serlo... –repitió en un tono quedo, bajando la vista al suelo.

–Alekos, por favor... Háblame. ¿Qué tenías contra mi padre?

Él permaneció en silencio un buen rato y ella contuvo el aliento, expectante.

–No quiero contártelo –dijo finalmente Alekos–. No quiero hacerte daño –alzó el rostro, y ella vio tal tormento en sus ojos que se le encogió el corazón–. Además, si ya has decidido que lo nuestro se ha acabado...

–No se ha acabado.

Alekos la miró aturdido.

–Yo no quiero que se acabe. Yo... te quiero, Alekos. Quiero luchar por lo que tenemos. Ya sé que tú no me quieres, pero...

–Sí que te quiero –dijo él de sopetón–. Lo comprendí cuando te fuiste. De pronto sentí como si el mundo se hubiese convertido en un inmenso agujero negro. No podía soportar la idea de haberte perdido para siempre.

De su garganta escapó un sonido a medio camino entre una risa ahogada y un sollozo, y sacudió la cabeza como intentando negar lo que acababa de decir, como si quisiese ocultarle lo vulnerable que era en realidad.

–No te dejaré –le prometió ella sentándose en la cama–, pero tienes que ser sincero conmigo. No puedes seguir encerrándote en ti mismo. ¿Qué es lo que no me has contado?

Alekos suspiró pesadamente y se sentó a su lado. Permaneció callado un momento, antes de empezar a hablar.

–Estuve trabajando para tu padre cuando tenía veintidós años. Estuve haciendo prácticas en Petra Innovation, y lo consideraba... era como un mentor para mí, y siempre me animaba. En una ocasión me pidió que le hablara de un proyecto en el que estaba trabajando para un nuevo *software* y yo, estúpido de mí, le di un DVD que contenía toda la presentación que estaba preparando para vendérselo a alguna compañía: en qué se basaba el programa, qué funciones tenía... Me prometió un puesto a jornada completa en la compañía, me dijo que era justo el perfil que estaba buscando.

La voz de Alekos destilaba amargura y dolor.

–¿Y qué pasó? –inquirió en un murmullo.

–Me robó la idea e hizo que Callos la copiara –dijo

Alekos–. Yo no sabía nada, por supuesto. Tu padre me dijo que le había enseñado mi programa a su equipo y que no pensaban que fuese factible. Ese mes terminaba mi contrato en prácticas y, al contrario de lo que me había prometido, no me ofreció ningún puesto. Seis meses después Petra Innovation sacó al mercado un programa casi idéntico al que yo había diseñado... pero no tan bueno –puntualizó con una sonrisa irónica–. Supongo que Callos lo hizo lo mejor que pudo, pero nunca estuvo a mi altura.

Iolanthe se había quedado espantada con lo que le había contado.

–¿Estás diciéndome... que mi padre te robó la idea y que Lukas lo ayudó?

Él asintió.

–Pero ¿por qué? –inquirió ella sin comprender–. ¿Por qué en vez de hacer algo tan retorcido no te contrató para que trabajaras para él?

–Supongo que se sentía amenazado por mí –contestó Alekos, encogiéndose de hombros–. No se me ocurre otra razón. Quería a alguien a quien pudiera controlar; alguien como Callos.

–Pero...

–No me crees –la cortó Alekos con expresión desolada.

–No es eso –protestó ella–. Es que no sé qué creer. Me he quedado sin palabras.

Una parte de ella se negaba a creer lo que Alekos estaba diciéndole, porque eso significaría que su padre le había mentido, pero... ¿cómo no creerle? Nunca lo había visto así, tan alicaído, tan dolido...

–¿Por qué no me lo contaste antes?

–Al principio porque pensaba que no me creerías, y luego porque no quería hacerte daño.

–¿Y no pensaste que también me harías daño si cerrabas la compañía de mi padre?, ¿que le harías daño a Niko?

–No del mismo modo –se defendió Alekos–. Niko heredará una compañía más grande y mucho mejor. Es mi hijo, Iolanthe. ¿Por qué no puedes comprenderlo, aceptarlo? No le estoy negando nada...

Iolanthe suspiró y sacudió la cabeza.

–Ni siquiera se trata de eso, Alekos. La verdad es que yo misma estaba intentando convencerme de que cerrar la empresa de mi padre era lo mejor, porque Lukas administró tan mal nuestro dinero que apenas nos queda nada.

Alekos parpadeó.

–¿Qué? ¿Y por qué no me lo dijiste?

–Porque no quería que supieras lo débil que era mi posición.

–¿Y si tú misma te estabas planteando que lo mejor era cerrar la compañía, por qué estás tan enfadada?

Alekos parecía tan confundido que Iolanthe no sabía si reír o llorar. No había forma de que lo entendiera.

–Porque esto ya no tiene nada que ver con la compañía –le dijo hastiada–. Se trata de nosotros: de confiar, de abrirnos el uno al otro, de querernos. ¿Qué clase de relación vamos a tener si te niegas a abrirte a mí?, ¿si no te atreves a decirme la verdad?, ¿si no piensas más que en consumar tu venganza? –le espetó alzando la voz–. ¿De quién te estás vengando si mi padre está muerto y a las únicas personas a las que estás haciendo daño son las personas a las que dices que quieres? –sacudió la cabeza–. ¿Qué sitio queda para el amor? ¿O para Niko y para mí? ¿Te paraste a pensar en él, en cómo se sentiría cuando se enterara por las noticias, en vez de explicárselo tú?

Alekos contrajo el rostro.

–No lo pensé –admitió–. Me había convencido de

que era algo que no tenía nada que ver con nosotros. Pero no se trata de venganza, sino de justicia –murmuró con voz trémula–. No sabes cuánto tiempo llevaba esperando...

–Mi padre está muerto –le repitió ella, con las lágrimas cayéndole por las mejillas–. Ya no tiene sentido que...

–¿Sabes lo que me hizo después de aquello? –la cortó Alekos–. Cuando fui a buscar trabajo a otra empresa me rechazaron porque tu padre les había hablado mal de mí. Y no fue el único sitio en el que me pasó. Decidí arriesgarme y emprender un negocio. Cuando las cosas empezaron a irme bien, tras mucho esfuerzo, trató de destruir mi compañía, desacreditándome. Y aquella noche, cuando te encontró conmigo en la habitación del hotel, hizo que sus guardaespaldas me dieran una paliza. Apaleado como un perro en un callejón... a pesar de que para entonces ya era un empresario de éxito y no un don nadie...

Cuando se quedó callado, Iolanthe, que se había puesto pálida y estaba mirándolo horrorizada, le pidió que continuase. Alekos suspiró.

–Quería trabajar para él porque se había convertido en una especie de figura paterna para mí, en un referente –prosiguió–. Y cuando me apuñaló por la espalda... Me sentí peor aún que cuando mi padre nos abandonó –dijo con un nudo en la garganta.

–Yo... No tenía ni idea... –murmuró Iolanthe.

Solo entonces empezaba a darse cuenta de cuánto le había costado a Alekos contarle todo aquello. Se imaginaba cómo lo veía: él, un hombre fuerte, orgulloso... había sufrido por haber incurrido en el «error» de mostrarse débil, de sentir afecto hacia otra persona.

–Cuánto lo siento, Alekos... –dijo abrazándolo, con el corazón roto por todas aquellas revelaciones–. No tenía ni idea...

–No es culpa tuya –replicó él.

Iolanthe notó cómo se tensaba, incómodo, pero lo abrazó aún con más fuerza.

–Lo sé, pero siento el dolor que te he causado, insistiendo en que no cerraras la compañía, porque no sabía nada de esto –apoyó la mejilla en su hombro y cerró los ojos–. Ojalá me hubieras dicho antes...

Alekos se quedó callado un momento y susurró contra su cabello:

–Tenemos que volver a Atenas; yo hablaré con Niko.

–¿Y qué le dirás?

–La verdad. Se merece saber la verdad.

Unas doce horas más tarde estaban de vuelta en Atenas, entrando en la casa de Iolanthe de la mano. El vuelo había sido algo tenso porque Iolanthe estaba preocupada por Niko, y él estaba nervioso. ¿Cómo reaccionaría su hijo cuando hablara con él?

Iolanthe tenía razón. Había hecho mal en dejar que la venganza gobernara su vida durante todos esos años; lo había cegado y no le había dejado ver más allá.

La casa estaba en silencio cuando entraron. Al oír la puerta, Amara salió de la cocina y le lanzó a Alekos una mirada furibunda antes de dirigirse a Iolanthe.

–Niko está arriba, en su cuarto. Lleva todo el día sin hablar y sin probar bocado.

Alekos la escuchó con el corazón en un puño. Todo aquello era culpa suya.

–Vamos –le dijo Iolanthe, apretándole suavemente la mano para darle ánimos.

Cuando entraron en el cuarto de Niko no estaba sentado en su mesa, con el ordenador. Estaba tumbado en la cama, hecho un ovillo.

–Niko –lo llamó Iolanthe con suavidad, su voz sonaba trémula por las lágrimas que estaba conteniendo–. Niko, ya estoy en casa.

Niko no contestó; ni siquiera se movió. Alekos dio un paso adelante.

–Niko, soy yo, Alekos. Quería... quería hablar contigo de lo que has leído acerca de Petra Innovation.

La espalda de Niko se tensó, pero siguió allí quieto.

–Lo siento mucho –continuó Alekos–. Perdóname por no haber pensado antes de hacerlo, por haberte hecho daño. Lo siento muchísimo –se le quebró la voz–. No quería hacerte daño.

Niko seguía callado. Alekos se acuclilló junto a su cama y le puso una mano en el hombro.

–Niko, creo que sé cómo te sientes –murmuró–. Y creo que lo sé porque yo me sentía como tú de niño. Como si... como si no encajara en ningún sitio –aunque Niko seguía quieto y callado, supo que estaba prestándole atención–. Sentía que era distinto de todos los demás. Vivía con una familia que no era la mía, y era muy duro. Prefería pasarme el día con mis libros de informática a tener que tratar con la gente e intentar que me aceptasen, que me quisiesen, porque me resultaba más fácil.

Para su familia de acogida jamás había sido nada más que un deber. Sus padres de acogida nunca lo habían abrazado, ni le habían hecho una fiesta por su cumpleaños, ni se habían sentado a charlar con él cuando estaba triste, como sí habían hecho con sus propios hijos.

Niko se giró para mirarlo, y la incertidumbre que Alekos vio en sus ojos hizo que se le encogiera el corazón.

–¿Y te querían? –le preguntó el pequeño en un tono quedo.

–No como a mí me hubiera gustado que me quisieran. He tenido que esperar mucho tiempo para encontrar a una familia que me quisiera de verdad. Pero creo que al fin la he encontrado –le dijo. Cuando Niko lo miró con los ojos entornados, añadió–: Tu madre y tú sois ahora mi familia.

El niño escrutó su rostro, confundido.

–¿Nosotros? –inquirió entre vacilante y esperanzado.

–Sí, Niko, vosotros –Alekos le apretó el hombro suavemente–. Si me aceptáis como parte de la familia.

Ya habría tiempo para explicarle más adelante que era su verdadero padre, para explicarle todo y reforzar día a día el vínculo que se estaba forjando entre ellos.

–¿Y por qué has cerrado Petra Innovation? –le preguntó Niko con un hilo de voz.

–Lo hice sin darme cuenta de lo que hacía –admitió Alekos. Era curioso cómo de repente su obsesión por vengarse de Talos Petrakis se le antojaba banal y sin sentido–. Porque pensaba que había cosas que eran más importantes que el amor y la familia. Pero ahora sé que estaba equivocado –añadió con una sonrisa.

–Entonces, ¿vas a dar marcha atrás y a dejar que siga funcionando? –inquirió Niko.

–Si es lo que quieres, lo haré –respondió Alekos–. Solo quiero lo mejor para tu madre y para ti, y para nosotros como familia.

Niko frunció el ceño.

–Pero en realidad no somos una familia...

–Lo seremos –le prometió Alekos–. Lo seremos.

Epílogo

Un año después

Cuando Iolanthe salió al patio, ya había salido la luna. Se detuvo un momento para disfrutar de la caricia de la brisa en el rostro y del suave ruido de las olas a lo lejos. Alekos, al oírla llegar, se volvió con una sonrisa, y cuando Iolanthe se acercó le tendió un vaso con zumo de lima y gaseosa.

–¿Ya se ha dormido Niko?

Iolanthe, que tenía una mano en su hinchado vientre, tomó el vaso con la otra y asintió. Se sentía maravillosamente dichosa. Tenía tanto por lo que estar agradecida...

El año anterior había sido un año lleno de retos, pero también de alegrías. Alekos y ella se habían casado. Había sido una pequeña ceremonia, solo con Niko y unos pocos amigos.

Alekos había dado marcha atrás, como le había pedido Niko, y no había cerrado Petra Innovation, sino que la había convertido en una filial de Demetriou Tech centrada en aplicaciones para móviles. A través de ella habían puesto a la venta varias de las aplicaciones de Niko, y estaban ingresando los beneficios en una cuenta para cuando Niko cumpliera los dieciocho años.

Niko había empezado a progresar visiblemente con el cariño y el cuidado de ambos, y un nuevo médico estaba ayudándolo a establecer vínculos afectivos más fuertes y a enfrentarse a los retos de la vida diaria. También había empezado a estudiar en un colegio nuevo, y poco a poco se iba adaptando. No siempre era fácil, y a veces Niko daba un paso adelante y otro atrás, pero sus esfuerzos estaban dando fruto, y eso era lo importante.

Se habían tomado unas vacaciones en su isla privada para descansar de su ajetreada vida en Atenas y pasar unas semanas en familia. Y su familia estaba aumentando, no solo por el bebé que llevaba en su vientre y que nacería dentro de tres meses, sino también por los hermanos de Alekos. Había estado llevando a cabo pesquisas para intentar encontrarlos, y si todo iba bien pronto tendría lugar su reencuentro. Sí, había tantas cosas por las que tenían que estar agradecidos...

–Me encanta este lugar –dijo Iolanthe–. Es tan tranquilo...

–Venir aquí siempre me recuerda a la primera vez que Niko y tú vinisteis, cuando me enamoré de ti –respondió él con una sonrisa–. Aunque ahora que lo pienso quizá eso pasara antes, en cierto baile en Atenas.

Iolanthe se rio suavemente.

–Me parece que eso es una reinterpretación de la historia por tu parte. Lo que pasó esa noche no fue amor, sino sexo.

–Yo no estoy tan seguro –replicó él con una sonrisa. Puso su mano sobre la de Iolanthe, entrelazando sus dedos, y justo en ese momento el bebé dio una patada–. Creo que me negaba a admitirlo, pero ahora, echando la vista atrás, es evidente que fue un flechazo.

¡En el juego de la seducción, el guapo empresario siempre se salía con la suya!

Alessandro Falcone era famoso por ganar en todo lo que se propusiera. Cuando se vio obligado a viajar a Escocia, pensó que era una inconveniencia. Por eso, el plan del millonario soltero era tomar lo que quería e irse... hasta que la guapa Laura Reid se convirtió en una deliciosa distracción en las largas y frías noches escocesas...

Laura no tenía nada que ver con las sofisticadas modelos con las que solía salir Alessandro, pero su voluptuosa figura y su bello rostro, natural e inocente, representaban para él un atractivo al que no podía resistirse.

UNA MARIONETA EN SUS MANOS
CATHY WILLIAMS

Nº 253

¡YA EN TU PUNTO DE VENTA!